終わった恋、はじめました

小川晴央

講談社
タイガ

イラスト｜uki
デザイン｜AFTERGLOW

目次

終わった恋、はじめました

プロローグ

市民病院の中心で、俺は遭難しかけている。

中庭を横切る渡り廊下のコンクリートは厚さ五センチ程度だが、今の俺には万里の長城のように感じられる。かれこれ十分ほど立ち往生したままだ。車イスに乗っているから、正確には座り往生か。

「どうしたもんかな……」

車イスを捨てて立ち上がることも考えたが、術後数日は車イスで過ごせと医者に言われている。ここで無理をして、また靱帯《じんたい》が傷ついたら元も子もない。

いくら五月晴れの空がきれいだったからといって、日光浴なんてするべきじゃなかったのだ。

車イスの上でミイラになっていく自分を想像していると、一輪のバラが手元に落ちてきた。サイズは人差し指ほどで、布でできた造花のようだった。

見上げると、空に数十枚の花弁が舞い踊っていた。

ひらひらと太陽の光を遮《さえぎ》りながら落下する花弁の向こう側で、一人の少女が窓から顔を出す。

黒い長髪が白い肌を際立たせていた。まるで、昼に浮かぶ月のような不可思議さを彼女に感じる。

「す、すみません……」

三階から投げかけられた少女の声は、それこそ花びらのようにささやかで、かろうじて中庭にいる俺の鼓膜を揺らす程度だった。

彼女は窓から、車イスで段差を登れず悪戦苦闘している俺を見ていたのだ。気恥ずかしさで額がかゆくなる。

「俺を応援するために、花吹雪を？」

少女は慌てて首を横に振る。

「声をかけていたんですけど、気がついていただけなかったので造花だけ落とすつもりだったんです。でも、花びらが一緒に風で舞ってしまって……」

造花と花びら。病室で内職でもしているのだろうか。

「で、俺になにか用？」

「段差につまずいているんですか……？」

「段差？　俺が？　いや違うよ。これはただ、タイヤの空気圧をチェックしてただけ」

車イスを前後に動かし平静を装う。

「そうだったのですね。すいません。私早合点《はやがてん》を……」

少女が慌てて窓を閉めようとする。

「嘘《うそ》、ごめん！　見栄張《みえは》った！　君の言う通り登れなくて。これ初心者なんだ」

エタノールの匂《にお》いがする車イスを、ポンポンと叩《たた》いてみせる。

彼女はさらに窓から身を乗り出した。

「前に体重をかけすぎると前輪が持ち上がらないので、上体を後ろに反《そ》らしてみてはいかがでしょうか？」

少女は実際に体を反らしながら説明してくれた。

「重心を後ろに……」

俺は回れ右をし段差に向き合う。彼女のアドバイス通り背もたれに背中を押しつけるようにして体重を後ろにかけると、車イスの小さな前輪は簡単に段差を登ってくれた。

「おお！」

あとは力まかせに後輪を回すと、無事渡り廊下のコンクリートの上へと戻ることに成功した。

三階から控《ひか》えめな拍手が降ってきた。

「助かった。ここで朽ち果てるところだったよ」

「大げさですよ」と小さく笑う彼女に、俺は膝《ひざ》に落ちてきた小さな造花を掲げる。

「これ返したほうがいいよね」

三階の少女にバラを掲げて会話している。まるでロミオとジュリエットのような構図だが、俺が着ているのは陸上部のジャージで、手に持っている花は造花だ。少女は恐縮しながら、病室の番号を教えてくれた。


当然といえば当然だが、院内はバリアフリーで段差はなく、彼女のいる三階の病室までスムーズにたどり着けた。車イスから乗り出し戸をノックすると「どうぞ」と短い返事があった。

戸を開き中へとすべりこむ。窓際に寄せられたベッドの上で彼女は座っていた。シーツの白と、窓から差す日の光の境界が曖昧《あいまい》だった。

「すいません、わざわざ持ってきていただいて……」

「お礼を直接言いたかったし。アドバイスのおかげで助かったよ」

「めまいがひどい時は、私も乗ったりするんです」

病室の隅《すみ》に俺が座っているのと同じタイプの車イスが置かれていた。その高さのままで目線をすべらすとベッドにかけられた名札を見つけた。

《月野谷沙夜《つきのやさよ》》

ついさっき出会ったばかりなのにその名前を見て、彼女らしいな、なんてことを考えていた。

I

告白の前に落としたら

牧村《まきむら》部長は俺からプレゼン用の資料を受け取ってすぐに首をかしげた。

「なんだ。今日はお前の企画書はないのか」

前までしつこいほどに提出されていたものが突然なくなり不思議に思ったらしい。

「まぁ、ないならないで楽だからありがたいがな」

上機嫌で確認を始めた部長だったが、資料の中にミスを見つけるたびに表情は険しくなっていった。やがて拳《こぶし》をデスクに叩きつけ、大きな音をオフィス全体に響かせた。その勢いで飲みかけの湯飲みが落下し、部長の足首へお茶が飛び散る。

「あっつ……！　くそう。お前、なんだこれは！　ようやく俺の言われたことだけをやり始めたかと思ったらミスだらけじゃないか！　くそ、熱いな」

部長は靴下を脱いで、赤くなった自分の足首にフーフーと息を吹きかけた。

「すいません……」

指摘されると自分でも信じられないようなミスばかりだったが、その原因を部長に話せるはずもなかった。

昨晩のことだ。まさにこのプレゼン用の資料を家のパソコンでまとめている時に、ＢＧ

M代わりにしていたテレビからドキュメンタリーが流れ始めた。

難病と闘う男性を追ったものだった。病気の認知度が低いことへの問題提起が趣旨の番組だ。微力ながら自分一人の認知度だけでも上げようかと耳を傾け始めたところで、ナレーションが症状の説明を始めた。

《めまいが強い時は、歩くこともできない日があります》

――めまいがひどい時は、私も乗ったりするんです。

まるで副音声のように彼女の声が頭に響いた。

八年前、俺と彼女の時間が重なっていたあの一年間。沙夜は最後まで具体的な病名を俺に言わなかった。真剣に質問したことも、遠回しに探りをいれたこともあったが、最後まで秘密にされた。それが気遣《きづか》いだったのか、信頼が足りなかったのかは、今になっても分からない。

だが、番組の中で紹介される症状はどれも見覚えのあるものばかりで、気づくと俺はパソコンを閉じてテレビに向き合っていた。

《この病気は手術によって回復する可能性があります。ですが、その成功率は決して高いとは言えません。そして、その後もさまざまなことに気を付けて生きていかなければなりません》

そんなナレーションで番組は締められていた。

テレビの中で説明されていた病気が、彼女のものと同じなのかは分からない。それでも、頭をハンマーで殴られたような衝撃が走った。

いや、それは卑怯《ひきょう》な言い方だ。確かに彼女自身が病名を秘密にしていた。未来の生存率も口にしなかった。それでも沙夜が危険な病気を抱《かか》えていることも、命を失いかねないことも、俺は知っていたのだ。

知ったうえで、どこかでたかをくくり、沙夜がどこかで幸せに生きているのだと決めつけていた。

番組は、そんな卑怯な俺の目を覚まさせたにすぎない。

この出来事は、もともと疲れのたまっていた俺の体から、精神力を奪い取っていった。

「紙の無駄だなこれは」

余裕のない状況下で期限に間に合わせるためだけに作った資料を、牧村部長はゴミ箱へと投げ入れる。

「会社の役に立てないなら辞めちまえ！」

その次の日。訂正した資料と一緒に、俺は辞表を彼に手渡した。

家でも大量の酒を飲むことなどなく、今までの飲み会でも付き合い程度に抑えてきた。

しかし、今日の送別会は俺が主賓なのだ。普段の倍近い量を飲んでしまい、いつも歩いている歓楽街の地面が斜めに感じられた。

「まさか社会人になってから追い出しコンパするとはねー」

同期の中で姉御的な存在だった朱美《あけみ》が俺の肩をたたく。

「貴重な機会をもたらした俺に感謝してくれ」

飲み会の間も、同期、正確には〝元同期〟のみんなから似たような言葉を浴びせられていた。

「でも、感謝してるよ。俺の送別会をしたなんて牧村部長に知れたら小言を言われるだろうに、みんな集まってくれてさ。声かけてくれたのはお前だろ?」

「何人かは飲む場がほしかっただけだろうけどねー」

朱美はにししと笑う。テニスでインターハイの出場経験を持つ気骨のある彼女も、酒が入ると柔和になる。

「いろんな部署たらい回しにされたあとで、ようやく製品企画に携われると思った矢先に、上司にお茶をぶっかけてクビになるなんてね」

「クビじゃなくて辞職だし、お茶はぶっかけてない」

噂《うわさ》はまるで雲のように形を変えながら広がってしまった。

「私は今も納得してないよ。部長は口が悪いから、いろいろ言われたんだろうなって想像つく。拓斗《たくと》は温厚なやつだって私知ってるし。シューズの企画を作っても作っても、理不尽な理由でボツくらってきたことも」

——うちは似たような製品を名前と見た目だけ変えて売ってるんだ。いらねーんだよお前みたいなやつは。

——それで儲《もう》かると思ってるのか？

——いい製品を作るより、有名選手に自社製品を使ってもらうことだけを考えりゃいいんだ。それで売れんだから！　想像力なんてなくても賢けりゃ金は稼げんだよ。

部長が俺にあびせてきた言葉は、商売や社会人という観点から見れば正しいことなのだろう。それでも、俺が目指してきたものとはまるで真逆で、どうしても「分かりました」と首を縦に振ることができなかった。

「でも、これからどうするのよ」

「やりたいことができなくて、前から次の仕事の目途が立ったら辞めてやろうって思ってたんだ。けど、結局その準備もしないうちに我慢の糸が切れちまったんだよな。どうすりゃいいんだろ」

まるで他人事《ひとごと》みたいに答えてしまう。そんな自分に失笑する。

「なんか、ビーチフラッグみたいだな。遠くにいる内はよく見えてるのに、いざ手を伸ばして突っ込むと、旗を見失う。一応、勉強して就活して、夢に近づいてたはずなんだけどなぁ……」

朱美がスマホを取り出しこちらに掲げる。

「なんだよ」

「いや、いいポエムだったから録音しようかと」

俺が顔を赤くしながら繰り出した拳を、彼女は華麗によけた。

「でも、正直その通りだなーって思ったよ。私もさ、なんとなくテニスの匂いがする職場で働きたいって思ってここに来たけど、それって正解だったのかなって最近すごく思う。なんだろう、マタニティブルーならぬ、リクルートブルーってやつかな？」

言い得て妙な言葉遊びに、二人して力なく笑う。

「拓斗の夢ってさ、なんだったの？」

質問のトーンから彼女に茶化《ちゃか》すつもりがないのは分かった。

「陸上やってた時、靴選びが好きだったんだよ。競技用のスパイクより練習用のやつ選ぶほうがなんかテンション上がってたな」

タイムを縮めるための武器のように感じていたのだ。

だが、それは武器と言うよりも防具に近いのかもしれないと、沙夜といて気がついた。凹凸や鋭い突起から足の裏を守り、こもる熱を排出する。俺を世界から靴底一センチぶんだけ空に浮かせる魔法のアイテム。彼女といる期間を経てからは、そんな風に感じるようになった。

「陸上はやめたけど、それでも前に進もうとする人を靴で支えたかったんだよ。それに、そういうのが向いてるんじゃないかって、言ってくれた人もいたから」

——拓斗さんのようになりたいです。くじけそうになって立ち尽くしている誰かを、支えられる人に。

頭の片隅で声がする。まるで昨日聞いたかのように鮮明に。

「でも、今振り返ってみると、人を支えるなんて大それたこと、一回だって上手にやれたことはないんだよな。もしかしたら向いてないのかもしれない。自分のことすらうまくできてないのに、誰かを支えようなんておこがましいのかも。昨日まで必死に靴を作ろうとしてた自分が他人に思えるよ」

愚痴《ぐち》っぽくなってしまったことに気がついて、慌てて声を一オクターブ上げる。

「まぁでも、心配しないでくれていいさ。ちょい休んでまた考える。朱美には関係ないことだしな」

二ブロックほど無言で歩いてから、朱美が立ち止まり自動販売機でミネラルウォーターを購入した。それを一気に半分ほど飲み干してから、彼女は口元をぬぐう。

「無関係になるのは、嫌なんだけど……」

「いや、もちろん元同期として、これからもまた飲みにいこうぜ」

「そうじゃなくて！　その、なに、これからは、同僚じゃないんだし？　社内恋愛禁止みたいなクソルールも、関係なくなるわけだしさ……」

一応俺も今年で二十五だ。豪快なようでいて繊細なところもある彼女がその言葉を絞り出すのにどれだけの覚悟を必要としたのか分かっているつもりだ。

すぐそこでは酔っ払いが古い歌謡曲を口ずさみ、路地に置かれたポリバケツからはゴミがはみ出している。そんなロマンの欠片《かけら》もない場所であっても、真剣に彼女に答えなければいけないはずだった。

「俺は……」

その瞬間、頭に浮かんだのは彼女の顔だった。脳内の奥底に沈殿していたはずの記憶なのに、俺の思考を満たす。

「光栄だけど、気持ちには応《こた》えられない……」

「ほかに好きな人とか、いる感じ?」

お世辞にも順調とはいえなかったこの会社での日々を乗り切れたのは、彼女の励《はげ》ましがあったからだ。だからこそ、いい加減な返事はできなかった。

☽

朝食なのか昼食なのか分からないウインナーをフライパンで焼きながら、俺は思わずつぶやく。

「なにやってんだか俺は……」

世の中では、こういうのを〝未練がましい〟というのだろう。それがぴったりな言葉であることは分かっている。でも、そこには飼っている犬を、名前でなく犬種で呼ばれるような抵抗感がつきまとう。

エプロンのポケットの中でスマホが振動した。画面には《莉音《りおん》》という名前が表示されている。俺の可愛《かわい》げがなくて、可愛い妹だ。

「もしもし？」

『あ、タク兄おはよー』

莉音とはときどきメールのやりとりこそしていたものの、電話は一年ぶりだった。にもかかわらず、彼女は余計な挨拶《あいさつ》や前置きは挟まずに本題に入る。気だるげで投げやりな声は相変わらずだ。

『タク兄さ、仕事辞めたんだって？』

母には先週報告していたので、莉音がその情報を知っていることに驚きはない。だが、気軽に触れられても平気な話題というわけではない。

『上司にお茶ぶっかけるなんてやるじゃん』

「いやぶっかけてない。というか、母さんにそこまでは話してないはずだぞ。なんでお前がそれを知ってるんだよ」

『それはまたあとで話すよ』

いつの間にか、会話の主導権は向こうにあった。

『タク兄も仕事辞めるとか、きぐーだよねー』

「奇遇？　お前の高校卒業と、俺の退職を同じレベルで扱われても困るぞ」

『今月いっぱいはまだJKですけど』

「なら、なにが奇遇なんだよ」

『お互い、自由の身的な意味で？　私も、避難を開始したんだー』

「避難？」

物騒《ぶっそう》な単語を、ショッピングにいったんだー。みたいなノリで彼女は言ってのける。

『それで、今タク兄のとこ向かってるから』

「俺のとこって、大阪《おおさか》にか？」

電話の向こうから断続的な騒音が聞こえていたが、新幹線の走行音だったらしい。

『あと一時間くらいでつくからさ。どうせ暇でしょ？　新大阪まで迎えよろしくね』

「待て、いきなりすぎて何が何やら分からん。一体なにから避難してくるんだよ」

『最近男に付け回されててさー。詳しい話は会ってから話せばよくない？』

「よくない」

イントネーションを正して答えるが、電話は一方的に切られた。

フライパンの上では、接地面に香ばしい焼き色のついたウインナーが転がっている。だが、男に付け回されて街を出た。と言われて無視をするわけにもいかなかった。

《改札ついたぞ。どこにいる?》

《つまらなそうな映画ポスターの前》

チャットアプリに送られてきたのは、お世辞にも可愛いとは言えないウナギのキャラクターが退屈そうにしているスタンプだ。

メールは数ヵ月ぶり、電話は一年ぶり、直接会うのは俺が就職を決めた時以来だから、二年ぶりになる。

莉音はその間に高校生活を終えつつある。どれだけ見た目が変わっているのか想像もつかない。

首を振って、壁面を覆《おお》い尽《つ》くしている広告の中から、映画のポスターを探す。SF映画とホラー映画のポスターを見つけるが、その前には誰も立っていない。

今度は柱につけられている広告を確認していくと、駅員室の向かいの壁に、若者向けの恋愛映画のポスターが貼《は》られているのを見つけた。

その前には茶髪の少女が立っている。着崩した制服。学校指定だとは思えない桃色のカーディガン。パンパンのボストンバッグを足元に置いている。

うつむいてスマホを操作しているので、彼女が莉音だという確信を持てない。俺は確認のために近づいていく。

しかし、俺がたどり着く前に、ブレザーを着た学生の男が彼女に声をかけた。

「ねぇ、君一人？　おっきな荷物持って、旅行？　もしかして家出？」

「そういうあんたは？」

「俺？　俺は今模試《もし》が終わったから、羽を伸ばしてるとこなんだよねー」

男子学生はブレザーの胸ポケットに刺繡《ししゅう》された校章を指差す。全国的にも有名な関西トップクラスの進学校のものだった。

「へーK高通ってるの？　すごいじゃん」

そのあとの男子学生に対する言葉で、俺は彼女が莉音であることを確信する。

「――もしそれがマジの話なら、だけど」

ニコニコとプラスの印象だけ与えようとしていた彼の顔が一気に曇る。だが、彼女は気にする様子もなく続けた。

「胸ポケットとズボンの両方にスマホが入ってるし、そのブレザー、サイズが合ってないよ。それに、向こうでニヤニヤこっちを見てるワイシャツ姿の男の子が丸見え」

彼の後方にある駅構内の売店を確認する。そこには確かに、ワイシャツ姿の男子と二人の女子高生がナンパの様子を眺《なが》めていた。

「進学校に通ってるのは、あのお友達のほうなんじゃない？　人のふんどしでナンパする卑怯者には興味ないかな」

口をパクパクとさせて言い返す言葉を探す男子学生に、彼女は追い打ちをかける。

「それと、売店にいる髪が長いほうの女の子、多分あんたに気があるよ。見ず知らずの子ナンパする前に、あの子と向き合ってみたら？」

「は、はぁ!?　なにわけ分かんねーこと言ってんだよ！」

俺は慌てて二人の間に割って入る。

「やぁ！　お待たせ！　遅れてごめんな。あれ、友達？」

まるで何も見ていなかったかのように振る舞うが、我ながら棒読みの演技だった。

それでも学生は年上の男の登場にひるんだのか、捨《す》て台詞《ぜりふ》代わりに舌打ちをし友人のところへと戻っていった。

「相変わらずだな、莉音」

大きくはないが力のある目と高い鼻、そして、こびない話し方。背も伸び全体的に大人びてはいるが、近くで見れば、はっきりと自分の妹だと分かる。

なにより、俺が隠した数々の答案用紙を見つけてきたその洞察力にも、磨《みが》きがかかっているようだった。

「なんであそこにいた女の子が、ナンパくんに気があることまで分かるんだよ」

「私をにらんでたから、なんとなく。JKの勘」

ナンパされたことを鼻にかけることもなく、彼女は持っていたスマホを、俺の脇腹《わきばら》に突き刺した。

「てか、遅い」

「お前が分かりにくいヒント出すからだ」

彼女の後ろに貼られているポスターを確認する。人気俳優と人気女優が起用されている話題作だった。青空の前で制服姿の二人が切なげに見つめ合っている。

「つまらなそうな映画って言ってたけど、こういうのはお前らの年代向けだろ」

「友達に付き合わされて観《み》たんだけど、ポスター通りのきれいな恋愛物語だったから。常に映画館で一個はやってる感じの」

「美しい物語だったならよかったじゃないか」

「嫌いなんだよね。恋愛しとけばすべてうまくいくみたいな感じの映画。宗教に見える」


俺が借りているマンションの最寄り駅まで移動してから、莉音の希望でファストフードチェーン店の〝バーガーズ〟へ入った。昼の混雑は解消されていて、店内には空席の方が目立った。

「あーおいしい。ビバ、ジャンク」

彼女が注文したのは、チキンナゲットと炭酸飲料だけだった。

「せっかく大阪まで来たのにそんなんでいいのか？　向こうに有名な肉まんもあるぞ」

「いい。いつも食べてるのがなんか落ち着く」

派手な外見と周りの目を気にしない言動が彼女の特徴だが、実はインドア派だ。小学一年生にして家族旅行をパスしていたのを思い出す。別に大阪観光をしにきたわけではないのだろう。

「俺のとこにいること、母さんは？」

「ちゃんと話してきた。いってらっしゃーいって言われた。ほかに知ってるのは友達の澪《みお》くらいかな」

適当な母のことだ。あっけらかんと送り出したのだろう。

「母さんと澪ちゃんは、男に付け回されて避難してるってことも知ってるのか？」

「澪は知ってる。でもお母さんには言ってないよ。心配かけたくないし」

俺に心配をかけるのはいいのだろうか。誰にも悩みを打ち明けないよりはましだが。

「男に付け回されてるのは、いつからなんだ？」

「ひと月くらい前からかな。しつこくてさ。私が行く先々に現れるのよ」

「大阪まで逃げてこないといけないほどの相手なら、警察に電話したほうがいいだろ」

俺がスマホをテーブルの上に出すと、彼女はその画面を手で覆い隠《かく》した。

「それはなし、ってことでよろしく」

「なんでだよ。ここまで避難してくるってことは身の危険を感じてるんだろ？」

「そこらへんは大丈夫。なんていうか、距離をとった時点でいろいろすでにオッケーだから。タク兄のとこに泊めてもらえたらそれで」

「なんかおかしいぞ」

「そりゃ大阪まで避難してくるくらいの状況だもん」

「いや、それをお前が解決できてないことがだ」

身びいきを差し引いても、莉音は美人の部類に入る。実際にストーカーにつきまとわれることは初めてではない。だが、今まではそれを彼女は自力で解決してきた。

「知らないおっさんにストーカーされた時は罠《わな》を張って交番に誘導して、同級生に尾行された時はぴったりの友達を紹介して、その手の問題は自分で解決してきただろ？　今回はそれができない相手ってことか？」

彼女が立ち向かえない男となると、反社会的な黒服の人間や、政府の陰謀と繋《つな》がる重要人物などを想像してしまう。

「どんだけ危ない相手から逃げてるんだよ。お前以上に頭の切れるストーカーなのか？」

質問を重ねるたびに、むしろ莉音の唇《くちびる》はきつく閉じていく。しばらく考え込んでから、ようやく口を開いた。

「じゃあ――」

「分かったよ、内緒ってことでいい」

出鼻をくじかれた莉音が「なにがよ」と食いついてくる。

「説明しなきゃいけないなら、ほかのところにいく、ってお前が言い出しそうだったからだよ。それはさせるわけにはいかない」

図星だったらしく、莉音は目を丸くした。

彼女は口が達者だが、嘘をつくのが好きなわけではない。そんな彼女の次の反応は予測することができた。

「悪かった。根掘り葉掘り聞こうとして。なんだ、俺とお前は多数派の兄妹《きょうだい》とは少し違うから、距離感がよくつかめないんだ。心配しすぎちまうところも多分ある」

少し違わなくても、鈍感な俺に、適切な距離感はとれない気もするが。

「自慢じゃないが、お前が俺よりも聡明《そうめい》であることは理解してる。バカみたいな理由でバカみたいなことをしようとしてるんじゃないんだろ？」

今は三月上旬だ。進学先が決まった生徒にとっては、消化試合のような日程しか残っていないのだろう。そこまで彼女は計算して、ここへ来ているはずだ。

莉音が、大阪に来ている時点で安心、と言っているのだ。確かに横浜からの距離を考えれば、並のストーカーには追ってはこれない。彼女は今、危険から距離をとれているのだから、無理矢理嫌な話をさせることもない。

一瞬の間をおいて、莉音がにひっと歯を見せ笑った。

「タク兄のそういうとこ好き。同時にめっちゃ卑屈だけど」

「その余計な一言さえなければ自慢の妹なんだが……」

ポテトを口に運ぶ。心地いい塩気と安っぽい油の味が口に広がる。

「でも、本当に困った時は頼れよ？」

莉音は小さく敬礼しながら「了解」と返事をした。

「でもさ」

背もたれに体重を預けながら彼女はまたナゲットを口に放りこむ。

「相談が必要なのは、タク兄のほうなんじゃないの？　仕事辞めちゃって今はニートなんでしょ？」

「再就職先のあてがないわけじゃない……」

「え、そうなの？」

昨夜、俺と朱美は通常の倍以上の時間をかけて駅にたどり着いた。その改札で、彼女は一枚の名刺を俺に手渡したのだ。

――取引材料にするみたいにしたくなかったから、このタイミングになったけどさ。私の友達が、会社やってるんだ。っていっても今はまだ小さくて、従業員も数人。ネットで輸入雑貨を売ってるだけなんだけど。

色鮮やかで個性的なデザインの名刺には、男性の名前と企業名が印字されていた。

――最近好調で、人を雇おうかって考えてるらしいの。でも年齢とか人柄《ひとがら》とかちゃんと選ぶとなると大変で、誰かいないかって前から言われてたんだ。

なんと正直な女性なのだろうか。この話を告白の前にする選択肢だって彼女にはあったのに。

――さっき言ってた拓斗の夢とは、全然違う仕事かもしれないけどさ。もしよかったら、考えてみてあげてよ。

今もその名刺は財布の中に入れっぱなしだ。昨夜から今までは朱美からの告白のことで頭がいっぱいだったが、冷静に考えてみてもありがたい話だ。

「でも、その再就職先ってタク兄が勉強してきたことはあんまり役に立たないんじゃないの？」

「なんでそう思う？」

「だって、もし同じ業種なら迷わないでしょ？」

確かに朱美から話を聞く限り、俺が大学で学んだ商品デザインや、人体工学の知識が役に立つ場所ではなさそうだ。

「でも、このご時世、働ける場所があるのはありがたいことだけどな」

「それは最初に就活する時も同じだったはずでしょ？」

莉音の言う通りだが、面接官の視線に刺し殺され、不採用通知に殴られた経験を今の俺はかかえている。もう一度、自分の求める会社を見つける労力を考えると気が重くなる。

朱美からもらった名刺が、まるで遊覧船のチケットのように見えた。

「正直、この業界に留まりたいと自分が思ってるのかどうかも分からないしな……」

「ま！　せっかくアケミンさんに紹介してもらったんだしね」

飲み込んだコーラが逆流しそうな勢いでせき込む。一瞬思考を読まれたのかと思ったが、さすがの莉音もテレパシーは使えないはずだ。

「は、はぁ⁉　アケミンさんって、朱美のことか？　なんでお前が彼女のこと知ってんだよ……！」

莉音に詳しく仕事の話をしたことなどない。まして、同期社員の名前を漏らしたこともない。

「へー本名は朱美って言うんだ」

「お前まさか、俺に盗聴器でも仕掛けてんじゃねぇだろうな」

思わずジャケットを叩いて確かめてしまう。

「現代にはもっと怖いものがあるんだよ」

教訓めいた言い方をしながら、莉音はスマホを操作して俺に掲げた。そこには〝アケミン〟という名前のSNSアカウントが表示されていた。

「まさかこれ、彼女のアカウントか?」

アカウントのトップ画像の写真は、ハートマークで顔が隠されていたが、服装は見たことがあるものだった。

「タク兄の就職先が決まった時に会社名で検索したら、普通に内定報告してる人がいたの。すぐにまずいって気がついたのかあとで投稿は削除されてたけど、その前に、私はもうフレンド登録してて」

飲みの席で、内定をもらった嬉《うれ》しさのあまりネットに書き込んでしまった。という失敗談を彼女が話していたことを思いだす。

「なんでそんなこと……」

「ただの興味本位。悪趣味かと思ったけど、そのうちタク兄の写った集合写真あげたりするかなーなんて、いたずら心で」

「し、知り合いだったってことか?」

「別に話しかけたことはないよ。てか、先週まで存在も忘れてたくらいだし」

莉音はスマホをこちらに向けながら、朱美の投稿をさかのぼった。

「でも、仕事辞めたって聞いた時に思い出して投稿を見てみたの。そしたら、名前は伏せてるけど、この人近況報告とか割としててさ。そんで最近のホットトピックが、同期のNくん」

「N?」

「自分の苗字《みょうじ》忘れたの? 成田《なりた》拓斗さん」

頬《ほお》が熱を持つのを感じる。俺はMサイズのドリンクカップで莉音から顔を隠す。

「ネットリテラシー……」

「Nくんがむかつく上司にお茶ぶっかけてクビになったとか、そのNくんのために送別会を企画しているとか。あと、思い切って告白してみたけど、ほかに好きな人がいるってフラれた、とか」

朱美もまさか同期の妹が自分の投稿を見ているとは思わなかったのだろう。

「投稿見る限り悪い人じゃなさそうじゃん。タク兄に好意を抱いてくれる物好きな人なんて、次現れるの三百年後かもよ?」

「皆既日食《かいきにっしょく》かよ……」

「ちなみにコメント欄には、Nくん何様だよ、という罵詈《ばり》雑言の雨あられ。Nくん大炎上中です」

「雨なのか火事なのかはっきりしてくれ」

朱美からの気持ちが嬉しかったのは確かだし、周りから見ればバカなことをしているのは分かっている。それでも、応えられなかったのだ。

「まだ沙夜さんが忘れられないの？」

莉音の口から出た言葉にさらに面食らう。先ほど朱美の名前が出てきた時と比べて、その驚きはひんやりと冷たいものだった。

「なんで今沙夜の名前が出るんだよ」

「朱美さんの投稿にあるほかの好きな人って、これ沙夜さんのことでしょ？」

「あれは八年も前のことだぞ」

「でも図星でしょ。ドキッとした時に鼻の穴が大きくなる癖《くせ》でてる」

手遅れと知りながら、鼻を指で押さえる。

「くそ、笑いたきゃ笑え」

「笑わないよ。あの人が素敵だったことも、踏んだり蹴《け》ったり転んだりだったあのころのタク兄にとって大事な人だったことも、私知ってるし」

キモい、と叱責《しっせき》されると思い込んでいた俺にとって、莉音の反応は予想外だった。

彼女は口に放りこんだナゲットを咀嚼《そしゃく》する。

「やっぱ、引きずるもんなんだね……」

ほとんど独《ひと》り言《ごと》のようにつぶやき、彼女はガラス越しに通りを歩く人波を眺めた。

「ねぇ、タク兄、本題に入っていい？」

「今までのは違ったのか？」と笑うが、彼女は硬い表情を崩さない。

「あのさ、旅に出ようよ」

どこか投げやりで、ぶっきらぼうな言い方だった。

「どうせ地元を離れて避難するなら、旅したいなーって思ってたの。大阪のタク兄の狭いマンションにこもりきりなんて嫌だし」

俺のマンションに来たことは一度もないのに、彼女は狭いと断定した。実際狭いのだが。

「旅ってどこに？」

「沙夜さんを捜しに」

莉音は紙ナプキンで口元を拭《ふ》いてから続けた。

「昨日アケミンさんの投稿見て思いついたの。タク兄と沙夜さん捜しの旅に出ることを」

莉音は俺を自分の逃避行に引き込もうとしている。いや、引きずり込もうとしている。

「待て待て、話が急でついていけねぇよ。そもそも、今はもう沙夜の連絡先すら知らない。彼女が今どこにいるかなんて知らないんだ」

「でも、ヒントは見つけたよ？」

莉音は勝手に話を進めながら、スマホを手にとる。

「昨日いろいろ調べてみたら、もしかしたら沙夜さんに繋がりそうな――」

「ストップ」

俺は彼女のスマホ画面を手で覆う。

「俺は沙夜を捜しにいくつもりなんてない」

莉音は「ヒントを聞く気すらも？」と小さく首を傾ける。

彼女の表情は挑発しているようにも、いらだっているようにも見えた。

「恋愛も仕事も、新しいスタートが切れずに中途半端《ちゅうとはんぱ》。そんな状況でこの先進むのって、だるくないの？ でも、沙夜さんに会ったらさ、なにか変わるかもよ？」

俺は顔を店の窓のほうへと背ける。退職した今〝職業柄〟と言っていいのか微妙だが、サッカーのトレーニングシューズを履いた少年に目がいく。それは前の会社の製品で、嬉しいような寂《さび》しいような気持ちに襲われた。

「私、タク兄のこと好きだし。割と幸せになってほしいと思ってるよ？」

莉音は冗談ではないと分かる程度の気楽さで、俺への気持ちを口にした。

「それにさ、いろんなものが、そうしろって言っている気がしたの」

神様や占いを信じていない彼女にしては曖昧な説明だった。だが、俺にもその感覚は理解できる。

——この病気は手術によって回復する可能性があります。ですが、その成功率は決して高いとは言えません。

——昨日まで必死に靴を作ろうとしてた自分が他人に思えるよ。

——そういうのが向いてるんじゃないかって、言ってくれた人もいたから。

——まだ沙夜さんが忘れられないの？

ここ最近の出来事が一気に頭に浮かぶ。すべては、沙夜という八年間も会っていない少女に繋がっている。

沙夜が闘っていた病気と似た事例をテレビで見かけ、動揺し、ミスをし、怒鳴《どな》られ、限界が来て会社を辞めた。目的も目標も失い、代わりに不安だけが胸に詰まった俺の前に、見るに見かねた妹が避難のついでに沙夜捜しの旅を提案する。

旅に出る方向へ、神様が誘導しているかのような感覚は確かにある。

だが——。

「で、どうする？　私の話の続き、聞かないの？」

「だって、今さら、だろ……」

「でも、未だに、なんでしょ？」

頬がひきつる俺と真剣な表情を崩さない莉音の間に、少年の声が割って入った。

「あの！　ここに手紙が落ちてませんでしたか⁉」

さっき店の外で見かけた、トレーニングシューズを履いた少年だった。

少年は小学五、六年生くらいに見えた。丸い顔に四角い黒縁メガネをかけていて、着ているのはモスグリーンのジャージだ。胸の刺繍から見るに、どこかのサッカークラブに所属しているらしい。

彼はバーガーズの商品は持っておらず、スポーツバッグの肩ひもをぎゅっと握りしめていた。

「手紙落ちてませんでしたか？ さっきまで、僕ここの席に座ってたんだけど……」

莉音が組んでいた足を解いて、ソファの隙間《すきま》などを確認する。俺も自分の周りを探したが、手紙のようなものは見つからなかった。

「どんな手紙なの？ はがき？ 封筒？」

少年は「これくらいの封筒」と手で写真ほどの大きさを作って示した。

「切手の絵に英語の文字が書いてあるやつなんだけど。今日このあと渡さなくちゃいけない、大切なものなんだ」

封筒は水色で、宛名《あてな》はないらしい。特徴を聞いてから改めて足元を探す。見当たらなかったので、俺たちは二つ隣の席まで捜索範囲を広げた。

それでも見つからず、元の席に戻る。すると、店員が俺の飲みかけのコーラを処分しようとしていた。

「あー待ってください。ごめんなさい。まだ途中なんです」

「失礼いたしました。席を離れたので、てっきり……」

食べ残しかと早とちりした店員に、反対側から戻ってきた莉音が声をかける。

「手紙を見ませんでしたか？　この子が忘れていったかもしれないんですけど」

「先ほど私が清掃を行いましたが、それらしきものは……」

少年が大きく鼻をすする。メガネの下の目は真っ赤になっていた。

「探してくれてありがとうございました」

律儀に頭を下げて、少年は店を出ていく。

「なんだったんだ……？」

「このあと誰かに渡す大切な手紙をなくした男の子、でしょ」

俺は半分ほど残っていたコーラを一気に飲み干す。それを見た莉音も残っていたナゲット二つを同時に頬張った。

「タク兄のほーいうとこも、好きだよ」

「どういうとこだよ」

「おせっかいなとこ」

莉音が先に店を出て少年を捕まえる。あと数秒遅れていたら、彼の小さい体は人混《ひとご》みに紛《まぎ》れて見えなくなっていたかもしれない。

莉音が少年を呼び止め、手紙探しを手伝うと申し出た。彼は最初こそ申し訳なさそうにしていたが、最後には「よろしくお願いします」と丁寧に頭を下げた。わらにもすがりたい気持ちだったのかもしれない。

「さて、少年、だと呼びにくいわね。あなた名前は？」

「幸太《こうた》。田川《たがわ》幸太」

〝太田《おおた》サッカークラブ〟とプリントされた彼のスポーツバッグの下には、マジックで同じ名前がしるされていた。アンバランスな文字で、幸太本人が書いたもののようだ。

「幸太さ。このあと手紙を渡すって言ってたけど、タイムリミットはあるわけ？」

「亜里沙《ありさ》って友達に渡したくて、駅で会う約束をしてるんだ。それまで時間をつぶしてたんだけど、気がついたら手紙がなくなってて……。鞄《かばん》の横のポケットの底に穴が開いてたんだ」

「原因は今どうでもいいよ。タイムリミットを確認したいだけ」

莉音の反応は薄情に思ったが、幸太の意識を捜索に集中させるにはむしろ効果的だったようだ。彼の声の震えが止まる。

「三時。だから、あと一時間半くらい」

「ならなんとかなるでしょ。ね？　タク兄」

莉音の励ましが無根拠だとは理解しつつ、俺は「大丈夫大丈夫！」と力強く応じた。

「幸太くん。最後に手紙を見たのはどこか覚えてる？」

「このお店」

「じゃあ、なくしたのに気がついたのは？」

彼は商店街の先に見える私鉄の駅を指差した。捜索範囲は決して広くない。

「駅で気がついて探しながら戻ってきたんだけど、なかったんだ」

「今度は目が六つあるから。もう一回往復してみよう」

莉音が手首にしていたシュシュで茶色い髪をひとつにまとめながら、俺にだけ聞こえるようにつぶやく。

「ラブレターかもね、封筒に入れて女の子に渡すってことからすると」

確かに自分が小学生だった時、手紙など年賀状以外では書かなかった。彼の必死な様子からしても、ラブレターである可能性が高いのかもしれない。

「責任重大だな。大丈夫か……？」

莉音は髪をまとめ終わると、八重歯を見せて小さく笑った。

「そだ。もしこの手紙見つけられたら、沙夜さんを捜しにいく件、考えてくれる？」

「人捜し、もの探しの技術を証明するからってことか？」

莉音は「そ」と短く肯定する。

「それはそれ、これはこれだ。出ないよ。旅なんて」

別にこの条件を断っても彼女が手紙探しに手を抜くことはないだろう。俺は、はっきりと断った。

幸太に通った道を尋《たず》ねながら、俺たちは横に広がり駅へ歩いていく。手紙らしきものを見つけて飛びついたが、踏まれてつぶれたポケットティッシュだった。

「亜里沙ちゃんって子とは、同じ学校なの？」

「うん。隣町のクラブで一緒にサッカーやってたんだ」

彼がサッカーをしていることは気がついていたが、亜里沙ちゃんも同じチームに所属していたらしい。

「入団テストがあるようなとこで、うちの学校からは僕と、健太郎っていう友達と、亜里沙の三人だけがそこにいってた。健太郎がキーパー、僕がボランチで、亜里沙がフォワードのワントップ」

「縦列の真ん中を三人で担ってたのか」

「健太郎はキャプテンで五年のころからサッカーの強い中学にいくことが決まってたくら

いうまかった。亜里沙も男子に負けないエースで、僕はギリギリでレギュラーだっただけだけど……」

「それでもすごいじゃんか」

幸太は俺の励ましを無視して、コンビニの前で足を止めた。

「あ、そうだ。買うものがあって、ここに寄ったんだ。鞄から財布を出し入れしたからその時に落としたのかも……」

まだコンビニの店内は確認していなかったらしい。ならばと、莉音と俺は店員に落とし物がなかったか尋ねたが、手紙は見つからなかった。

俺たちは再度駅を目指す。その途中コンビニ前のポストと、男前のホストに一度ずつぶつかる。それほどまでに地面へ目を凝《こ》らしながら歩いたのだが、なんの発見もないまま駅に着いてしまった。

「落ちてないわね」

「風もないから飛んでったとは考えにくいよな……」

「誰かがすでに拾ったあとかもね。あそこの交番はいった？」

「聞いてみた。そんな落とし物は届いてないって。どぶに落ちちゃったのかな」

幸太が道の脇に通っている側溝を眺める。仮にその予想が当たっていたら、どのみち手紙は渡せる状態にないことになる。

「手紙を渡すの、延期ってわけにはいかないのか？」

幸太は「できるけど……」とお腹《なか》の前で指を絡ませた。

「それだと、決意がにぶっちゃう気がして……」

やはり、手紙はラブレターのようだ。彼は覚悟を決めて、今日手紙を亜里沙という女の子に渡しにきたのだ。

「まだ亜里沙ちゃんとの待ち合わせまで時間はある。もう一往復してみよう」

俺と幸太が歩き出すが、莉音は立ち止まったままだった。

「お姉ちゃん、もう探してくれないの？」

幸太の質問を無視して、莉音はスマホをいじり始める。

「なにか思いついたのか？」

莉音がスマホの操作をやめて、不敵に笑う。

「あそこかも。ワンチャンあるね」


病室の中で向き合ってみると、中庭と三階で話していた時よりも、沙夜は少し幼《おさな》く見えた。最初は大学生くらいに思っていたが、おそらく俺と同じ高校生なのかもしれない。

沙夜は体を動かしベッドから降りようとしたが、俺はそれを止めてこちらから近寄る。バラの造花を差し出すと、彼女は両手でそれを受け取った。

「車イス、慣れてないんですか？」

沙夜が俺の右足につけられた物々しい装具を心配そうに眺める。

「ついこの間、靭帯の手術をしたんだ」

「それは……、大変ですよね」

痛めた日は雨で、陸上部は校舎内でのトレーニングを行っていた。階段を使って脚力を鍛《きた》えている最中にバランスを崩し、それを支えようと無理をした結果膝を痛めた。もともと練習で負担や疲労がたまっていたことも原因だと医者に言われた。

「でも、ケガした時の痛みに比べたら全然楽だよ。車イスも数日の我慢だし」

俺に車イスのコツを教えられるということは、彼女は割と頻繁に車イスに乗っているのだろう。そんな彼女の苦労と俺の苦労を同じように扱ってはならない。

「でも、陸上をされてるんですよね」

一瞬なぜ見抜かれたのかと驚くが、彼女の視線は俺のジャージの胸元へと向けられていた。そこには《根木高校陸上部》と刺繍がされている。

「走れないのは、もどかしい、でしょうね」

毎日参加していた練習を遠くから見ることしかできない疎外感。完治するまでの半年間に行われる競技会と大会の数。高校三年間におけるその期間が占める割合。それらを考えて積もる苦しさを〝もどかしさ〟と表現すればよかったのだと今知る。

「まぁ、陸上で高校推薦もらったくちだから、肩身は狭いね」

顧問も部員もゆっくり治すようにと声をかけてはくれるが、その後ろに失望を隠しているんじゃないかと勘ぐってしまう。

「それに走るのは、汗と一緒にいろんなもやもやが発散できて好きなんだ。今はそれができなくて困ってる」

誰にも打ち明けていない気持ちを口にしたことを皮切りに、気がついたら自分が中距離選手であることや、高校の監督が陸上界では有名であること、シューズ選びのこだわりなどをしゃべり倒していた。

「って俺は一人でなにを話してるんだろうな。ごめん」

「いえ、興味深いです。陸上のことも、走ることも、私にはあまり縁のない話なので」

確かに彼女は前のめりになって俺の話を聞いてくれていた。

「自己紹介の前に余計なことばっかり話しちゃったな。俺、成田拓斗」

沙夜が「月野谷沙夜です」と返す。

自信がなかったが、名前の読み方は〝さよ〟で合っていたようだ。

病室の窓から風が吹き込む。沙夜は手を伸ばして窓を閉め、窓際のキャビネットに並べている造花が外へと舞ってしまうのを防いだ。

「その造花はお見舞いの品かなにか？」

俺が持ってきた造花と同じく、並べられているほかの花も手の平にのってしまう程度の大きさだ。

「これは自分のものです。ハーバリウムを……、ハーバリウムってご存知ですか？」

首を横に振ると彼女はキャビネットの中から、単一乾電池を一回り大きくしたようなサイズのガラス瓶《びん》を取り出した。透明なガラスの中には水が満たされていて、螺旋《らせん》状に造花が浮いている。窓から差す光を乱反射するそれは、アクアリウムと呼ぶにはささやかだが、標本と呼ぶには幻想的だった。

「オイルの中に花を浮かべて観賞する、インテリア雑貨です」

「花のホルマリン漬けみたいなもの？」

「絶妙なようでいて、大切なニュアンスが抜け落ちた例えですね」

沙夜が肩を震わせる。物静かだった彼女がこらえきれず笑うのをみて、こちらまで嬉しくなった。

「あまり見られると粗が見つかりそうで緊張します」

「え、これ自分で作ったの？」

過剰な謙遜《けんそん》は見せずに彼女がうなずく。

ただただ「すげー」と呟《つぶや》くことしかできないボキャブラリーのなさが恥ずかしかった。

「中学のころは母と妹の女組が家の中に花を生けてたんだ。おかげで家の中がそれなりに、にぎやかだったんだけど、最近はあんまりで。こんなのあったらいいのかも。これってオイルをかえたりはしなくていいんでしょ?」

「はい。基本的にはそのままで大丈夫ですよ」

上から、底から、いろんな角度でのぞき込むと、中に気泡が浮いていることに気がつく。でも、泡《あわ》は水面へと浮かび上がって消えることはない。その不思議な光景は、水中というよりも星々が浮かぶ宇宙に似ていた。

「大抵はもっと大きい、可愛らしい形の瓶で作るんです」

沙夜はチェストの一番上の引き出しを開けて、インテリアのカタログ雑誌を取り出した。その中の特集ページに載っていたハーバリウムは、三角錐《さんかくすい》や電球などの容器に花が収められていた。

「百均とかでも変わった形の瓶見たことあるけど、もしよかったら今度持ってこようか?」

「いえ、私の場合はこの薬瓶で作ることに意味があるので」

「これ、薬の瓶なんだ」

花の華やかさに目を奪われて気がついていなかったが、確かに瓶のサイズと味気ない灰色の蓋《ふた》だけを見ると、錠剤が入っているのが自然なデザインだ。

「これは毎日、私が飲んでいる薬が入った瓶なんです」

沙夜がベッドに腰かけて薬瓶をなでた。

「飲み薬はあんまり得意じゃないんです。でも、飲み終わったら瓶をもらってハーバリウムを作るようにしてて。そうすると、少しだけお薬を飲むことにやりがいが生まれるので」

チェストの中に、数個の薬瓶が並べられているのが見えた。それは彼女が薬を飲み続けている期間が短くなかったことを示している。

「入院中の退屈な時間に作って、人にプレゼントしているんです。親戚《しんせき》とか、お世話になっている看護師さんに」

「なるほど、小さい造花はその材料ってわけだ」

「私が飲み終えた薬の瓶が、誰かの世界をちょっとだけ彩《いろど》ることが、私の誇りなんです」

沙夜の瞳《ひとみ》に寂しさと誇りを同時に感じた。

「造花は安っぽいので、できればドライフラワーやプリザーブドフラワーで作りたいんですけどね」

俺が首をひねっていることに気がつき、沙夜が補足する。

「どちらもおおまかに言えば、生花を乾燥させたものです」

「花の、ミイラってこと？」

俺のすっとんきょうな反応に沙夜はまた肩を震わせて表情を緩《ゆる》める。

「そっちのほうが本物なぶん、色味も鮮やかなんです。造花はハーバリウムに使えるものとなると種類も少ないですし、使いたい花が見つからない時は、自分で工作したりする必要もあって……」

彼女はその工作で広げている花弁が、さっき風で舞ってしまったのだとバツが悪そうに笑った。

「なら本物の花を使えばいいのに」

「造花のほうが、長持ちするんです」

そうつぶやく彼女はなぜか寂しそうで、誰かとの別れ際の時のような冷たい表情をしていた。その意味を尋ねるべきか迷っているうちに、病室の戸がノックされ、看護師が入ってきた。

「沙夜ちゃん、検査の時間だけど……ってあれ、お客さん？」

俺は看護師に平謝りしながら車イスを半回転させる。

「さっきはありがとう。助かったよ」

「こちらこそ、ありがとうございました」

バタバタと挨拶を交《か》わしながら病室を出ると、看護師が戸を閉じた。

病室の部屋番号を記憶の片隅に刻んでから、俺はそこを離れた。

☽

「ワンちゃん？」

俺が莉音に聞き返すと、幸太がアクセントをクレシェンドにして言い直した。

「ワンチャン。ワンチャンスのことだよ」

「そんなに急ぐこともなさそうだけど、早めに待ってましょ」

莉音はスマホをしまうと、説明もせずに歩き始めた。俺と幸太は彼女についていくしかなかった。

莉音は一度立ち寄ったコンビニの前で立ち止まる。もちろん先ほど捜索した場所だ。

「待つってここに突っ立ってるだけかよ。警察犬がここに来てくれたりするのか？」

「私的には、それが幸太が落とした手紙を見つけるうえで最善だと思うから。もしも、信じられないなら、タク兄は別のところを探しにいけばいいと思うよ」

奇跡を信じてあたりの地面を見回す幸太に、莉音は声をかけた。

「心配しないで、駅で亜里沙ちゃんって子と会うのは三十分後でしょ。ちゃんとそれには間に合う計算だから」

安心させようと莉音が説明するが、なぜ手紙が見つかる時刻まで正確に分かるのか俺には皆目見当がつかなかった。

「説明してくれよ。莉音」

「説明するほど大したものじゃないよ。ただ、さっきバーガーズであったことを思い出しただけ」

「店の中を探したけど、手紙はなかっただろ」

「店内を探し回ったあとの話。戻ってきた時さ、店員がタク兄のドリンクとトレーを片づけてたでしょ」

「そりゃテーブルに俺がいなかったから、ゴミと思ったんだろ」

「そ。ゴミをゴミ箱にいれようとしてた。それと同じ」

「まさか……！」

俺はコンビニの店頭に置かれているゴミ箱をのぞき込み、腕を突っ込む。

幸太は、このコンビニに立ち寄り財布を鞄から出し入れしたと言っていた。その時に手紙が落ちたのだとすると、誰かがそれをゴミと間違えてゴミ箱にいれてしまうということは充分にありうる話だ。

ゴミ箱に手を突っ込む俺が、幸太には伝説の剣を岩から引き抜こうとする勇者に見えているのかもしれない。その羨望《せんぼう》のまなざしに後押しされて、俺は湿った悪臭のするゴミの山の中をかき分ける。

「ゴミ箱ならさっき私見たよ。二人が店内探してる間に、店員さんに頼んで」

莉音が枝毛を処理しながら、俺の勇猛果敢な行動が無意味であると言い切る。

ゴミ箱から腕を抜いた俺から、幸太が鼻をつまみながら距離をとった。

「ゴミ箱の中すでに探してたならもっと早く言えよ！」

「先走ったのはタク兄でしょ。私の話、終わってないのに」

莉音が鞄からウエットティッシュを取り出し俺に投げ渡す。

「手紙はちゃんと封筒に入ってたし、拾った誰かはゴミじゃなくて、ちゃんと手紙だと判断したはずでしょ」

ここまで言えば分かるでしょ、と言わんばかりだったが、俺も幸太もバカみたいに彼女の言葉の続きを待つことしかできなかった。莉音は小さいため息をついてから、核心を話し始める。

「ゴミはゴミ箱へ。じゃあ、手紙はどこへ？」

「どこって、そりゃ……」

その時、後ろのほうからバイクのエンジン音が近付いてきて、俺たちのすぐ横で止まった。降りてきた運転手は郵便局の紺の制服を着ている。

「あ……」

郵便局員は腰につけていた鍵《かぎ》を手にとり、コンビニの前のポストの裏側に回った。

「手紙は、ポストに、でしょ？」

もし俺が封筒を拾った時、目の前に郵便ポストがあったらどう思うだろうか。

まして、幸太が探している手紙は切手の絵や、英語の文字が書かれたデザインだった。

ぱっと見、誰かが投函《とうかん》時に、蓋に跳ね返されて地面に落ちた手紙に見えるかもしれない。

俺ならばコンビニの店員に渡したりという方法をとる気もするが、中にはポストへ投函する親切な人がいてもおかしくない。

さっき莉音がスマホを使って調べていたのは、このポストの郵便物を回収する時刻だったのだ。

「すいません。ちょっといいですか？」

莉音が郵便局員に事情を説明し始める。それが終わる前に、幸太が郵便袋の中にある手紙を見つけ声をあげた。

「これだ！　これだよ！　よかった！」

郵便局員は、投函された郵便物を回収するには手続きが必要なのだと注意をしていたが、そもそも手紙には切手も宛名もなく、郵便物ではなかったことなどから、特別にその場で幸太に手紙を返してくれた。

「よかったな。今からなら、まだ約束の時間にも間に合うぞ！」

ハイタッチを求めたが、幸太の手は手紙を持ったままぴくりともしなかった。

「幸太？」

彼の顔には必死に探していたものが見つかった安堵《あんど》や喜びはなく、むしろどこか後悔と迷いに満ちた暗い表情が浮かんでいた。

「なんだよ。まるで見つけたくなかったみたいな顔して……」

幸太は瞬時に表情を取り繕《つくろ》ってお礼を口にする。しかし、それは俺の発言が図星だったからこその動作に見えた。

「お姉ちゃんすごいね。探偵みたいだった」

「ラッキーだっただけじゃん？　回収の時間が早かったら見つからなかっただろうし、遅かったら約束の時間には間に合わなかったし」

謙遜ではなく、莉音の本音のようだった。

「渡せそう？」

せっかく見つけたのだから、渡してもらわなくては困る。単純な俺はそう考えてしまうのだが、莉音のその質問には、まるでつり橋を前にためらう少年に声をかけるような気遣いが含まれていた。

「ほんとは迷ってて。正直、このまま見つからなかったら渡さなくていいのにって考えたりもしちゃったけど、それは、すごく卑怯だし……」

幸太がメガネをずらしながら、目元を袖《そで》で激しくぬぐう。最後に鼻をすすったあとで顔を上げた。

「でも、渡す。渡してくる！　お兄ちゃん、お姉ちゃん、ありがとう……！」

「大げさだなー。もちろんすげー緊張するのは分かるけど……」

莉音が俺の脇腹をつつく。

「なんだよ」

「それ、違うっぽいよ。私も今手紙を見て気が付いたけど」

莉音は真剣な表情で、手紙の端《はし》に書かれている差出人の名前を指さした。

《健太郎より》

そこに書かれているのは幸太の名前ではなかった。

「健太郎って……」

確か同じサッカークラブに所属している友達の名前だ。

「健太郎はこの春からサッカーの強い名門中学にいくって言ったでしょ？　あれ、東北の学校でさ、あいつ引っ越したんだ」

幸太が湿った声で肩をすくめる。

「僕と亜里沙は同じ中学に進学するんだけど、引っ越しの日にこの手紙を健太郎から渡されたんだ。〝渡すかどうかは幸太に任せる〟って」

手紙に書かれている文字は、スポーツバッグに書き込まれた幸太の文字と比べると、雑だが堂々としている。

「この中に、好きだってことと、新しく買ってもらったスマホのアドレスが書いてあるんだって。そんな大事なものをあいつは僕に渡したんだ」

「健太郎くんは直接渡したり、口で亜里沙ちゃんに気持ちを伝えたりはしなかったんだね」

幸太が小さくうなずく。

「亜里沙のことが好きだなんて、健太郎に一度も話したことはなかったんだけど、あいつはお見通しだったみたい。お前に無断で亜里沙に気持ちを伝えることはできないから。って言われた」

健太郎にとって、幸太はきっと亜里沙ちゃんと同じくらい大事な親友なのだろう。

「捨ててもいいって言われた。俺はどうせ遠くに引っ越して亜里沙と離れるし。渡すかどうかは僕に任せるって」

幸太は、バーガーズで何度も手紙を出し入れしていたと言っていた。亜里沙ちゃんと約束した当日になってもまだ、悩み続けていたのだ。

「かっこいいでしょ？　このまま手紙が見つからなきゃいい、なんて考えた僕と真逆で」

自慢げに、同時に自虐的に幸太が笑った。

「健太郎はサッカーバカで、亜里沙が手紙を見てなんて答えるか分からないって言ってたけど、僕知ってるんだ。亜里沙も健太郎のことが好きなんだってこと。両想《りょうおも》いなんだ、あの二人は」

幸太は分かっていた。親友から託されたラブレターを渡すことが、同時に自分の失恋を意味することを。そんなラブレターを必死に探し回っていたのだ。

俺がラブレターの受け渡しの延期を提案した時、彼はこう答えた。

──それだと、決意がにぶっちゃう気がして……。

彼の〝決意〟とは、自分の気持ちにけじめをつける決意のことだったのだ。

「だから、手紙を書き直すって選択肢はなかったんだね」

鞄の中に大事に手紙をしまった幸太の前に膝をつき、莉音は彼を抱きしめた。背中に回した手で一度だけ頭をなでてから離れる。

「ねぇ、幸太。もしつらかったら、その手紙渡さなくたっていいんだよ。私はそれを責めたりはしない」

莉音のその言葉は安易な慰めなどではなく、本気で彼の味方としての意思表明をしているように見えた。

一瞬だけ、幸太は鞄に視線をやったあとで、顔が飛んでいってしまいそうな勢いで首をぶんぶんと振った。その途中彼の目から涙が跳ねた。

「ううん。渡す。だって僕、二人のこと、両方好きだし」

莉音は「そっか」とどこか寂しげに笑うと、声を明るいトーンへと戻した。

「ほら、早くいかないと、もう時間だよ」

「うん。じゃあ、僕いってくる」

幸太がスポーツバッグの肩ひもを握りしめながら駅へ向かって駆け出していく。

遠ざかる背中を最後まで見送ることもせず、莉音は踵《きびす》を返して歩き始めた。

「世の中、うまくいかない恋の数のほうが、絶対多いよね」

数時間前の莉音の言葉を思い出す。

――嫌いなんだよね。恋愛しとけばすべてうまくいくみたいな感じの映画。

彼女は赤く色づき始めた空へと視線を向けながら、雲に話しかけるように声を出した。

「やっぱ、恋なんてろくなもんじゃないね」

人助けをしたはずが、小さな擦り傷に似た痛みが心の端っこに残っているのはなぜだろうか。

「幸太もさー、八年後同じ会社の同期の女の子に告白されて、昔のあの子が忘れられないからって、断ったりするのかな」

「しないよ。だって、あいつは今、ちゃんと決断して、けじめをつけにいったんだから」

俺とはまったく違う。自分の失恋を覚悟して、それでも手紙を渡しにいった彼の姿は、年齢が倍の俺よりも、よっぽど大きく見えた。自分が、恥ずかしくなるほどに。

「なぁ、莉音。帰ったら、続きを聞かせてくれよ。お前が見つけたヒント、ってやつ」

莉音は「どういう風の吹き回し？」といぶかしげに俺の顔をのぞき込んだ。

かっこいい小学生の覚悟に感化された、とはさすがに言えない。

「でも、勘違いするな。聞いてみるだけだぞ」

「うん。まずはそれで充ぶ――」

進行方向を俺のマンションの方角へ変えた瞬間、彼女は言葉を失い立ち止まった。

「どうした？」

「あ、いや、今、そこに……」

彼女が指差したところを見るが、そこには下手くそなアコースティックギターで弾《ひ》き語る、赤毛の路上ミュージシャンがいるだけだった。

「一瞬、あいつがいた気がしたんだけど」

「あいつって、お前を追い回してるストーカーか？」

莉音は思考をリセットするかのようにぶんぶんと顔を振って歩き出した。

「いや、そんなわけない。気のせいだと思う」

彼女以上に、俺自身も気持ちを切り替えるのに時間が必要だった。彼女が抱えていることを聞かないと決めたことを、少しだけ後悔していた。

シュレディンガーのネコという言葉がある。数年前に読んだ漫画から得た知識だ。中が見えない箱に、ネコと毒入りの瓶を一緒に入れなんやかんやする実験のことである。

——かわいそうだな。シュレディンガーちゃん。俺だったらそんな実験に使わずに、シュレディンガーちゃんをぎゅーっとしてモフモフなでまくって頬にチューしまくるのに。

俺がそんな感想を漏らすと、一緒に同じ漫画を読んでいた莉音は吹き出した。

——シュレディンガーはネコじゃなくて物理学者の名前だよ。

頭の中で毛玉のような可愛いネコにキスをしていたのに、突然それがメガネをかけたおじさんに変わった。思わずえずく。

——それにそれは思考実験で実際にやった実験じゃないんでしょ。

シュレディンガーおじさんはその架空の設定を通し、箱の中にいる間ネコが生きている現実と死んでいる現実が同時に存在する。ということが言いたかったらしい。

そんなことを思い出したのは、俺の前に座っているいかつい男性が、ネコ柄のシャツを着ていたからだ。

俺は今、病院の受付ロビーで諸費用の支払いをすませ、迎えを待っている。そんな自分は、退院していることになるのだろうか、それとも、まだ入院中という扱いなのだろうか。

親父《おやじ》が迎えに来るまでは、入院していると同時に退院もしている。

「シュレディンガーの俺」

退屈潰《つぶ》しに小さな声で呟くと、前の席のネコTシャツおじさんが受付に呼ばれて立ち上がった。それによって彼の背中で隠れていたロビーの端が見え、そこで親子が会話しているのが目に入る。

「沙夜……」

父親と母親、そしてその間に沙夜がいる。

彼女は車イスに座っていた。以前言っていた〝めまいがひどい日〟なのだろうか。

違和感を覚える。彼女が以前とは違う外出用のワンピースを着ていたことだけが要因ではない。うつむき加減の彼女の顔に、数日前に会った時のような柔らかさを感じなかったからだ。眉《まゆ》をひそめ、表情も硬い。

「別に今の治療がダメと決まったわけじゃないんだから」

「そんなことは分かってるが、もしもの想定をしてるんだ」

沙夜の前で言葉を交わす二人は明らかにいらだっている。相手が言葉を言い終える前に、自分の主張を重ねる。

「静岡《しずおか》の病院を当たっておくことも無駄じゃない」

「せっかくの外出日をいい気分で終わろうってしているのに、あなたはまたなんで」

そこで沙夜と目が合う。彼女は慌てて俺に会釈をする。表情は硬いままだ。

俺は松葉杖《まつばづえ》をソファに立てかけて、彼女に上半身を向ける。右手を掲げて、パペットの口を動かすように指をパクパクと動かしてみせた。

彼女は目をぱちくりとさせながら、口だけを動かした。

「い」「ぬ？」。声は聞こえなかったが、確かに彼女の唇はそう形を作っていたので、俺は手で丸をつくり、正解だと伝える。

続けて、鼻の下を伸ばしながら頭を掻《か》く。何度か同じ動作を繰り返しても彼女は困った顔をしていたので、作戦を変更した。両手で目を隠し、耳を隠し、最後に口を隠す。そこまでしたところで、彼女は「サル」という正解にたどり着く。

最後に俺は、体を伸ばしてロビーの端のブックラックに手を伸ばす。そこから新聞を取り出し、彼女に示した。

「しんぶん？」と彼女の口が動く。俺は首を横に振り、新聞を人差し指で叩く。沙夜は一度俺から目を離して思案してから小さく笑い始めた。そうしたあとで、両手で小さくハートマークを作り、それを逆《さか》さまにしてみせた。

「なにをやってる？」

そこで父親が、沙夜がどこかよその方向を見ていることに気がつく。俺はとっさに上半身を受付のほうへと向け直して、父親の視線をよけた。

沙夜の両親は声を小さくしてもう何往復か会話をしてから、彼女をロビーに残して病院の外へと出ていった。沙夜はそれを見送ってから、車イスの車輪を回して俺の隣にやってくる。

「桃太郎、がどうかしたんですか？」

「意味はないよ。ただ、ジェスチャークイズを出しただけ。なんていうかその、退屈そうだったから」

両親の口論に挟まれた彼女の表情は退屈というより、つらそうだったのだが、まだ話すのが二度目の相手にそんな指摘をされたくはないだろう。

「最近まで、よく妹とやってたんだよ。うちも頻繁に親が喧嘩《けんか》してたから。それを邪魔できない時の遊びとしてさ。まぁ、俺が出題側だと、結局莉音は退屈そうにしてたけど」

「莉音っていうんですね。妹さん。可愛い名前」

「沙夜も可愛いじゃん」

反射的に飛び出た言葉に、彼女は目を丸くした。

「あ、いや名前がね。いやいや、名前以外が可愛くないとかそういう意味じゃないけど」

「わ、分かってます。あ、いや、決して自分の名前以外が可愛いとうぬぼれているという意味ではなく……！」

二人で焦りながら、なんとか会話を収束させる。

「莉音に、拓斗。素敵な名前の兄妹ですね」

「あ、もしかして関連に気がついた？　すごいな。一発で気がつく人少ないんだけど」

さっきのジェスチャーゲームのお返しなのか、沙夜は車イスの肘《ひじ》おきから持ち上げた手を宙で振ってみせた。

「指揮、のタクトと、音、ですよね」

「うちの両親は高校の時に吹奏楽部で知り合ったらしくてさ。とはいえ、俺は音楽には興味なくて。指揮者がなにやってるかもよく分からないけど」

「私も詳しくないですが、とても大切だと本で読んだことがあります。オーケストラを導く存在なんだそうです」

「妹を導けているかっていうと、まったく自信ないや。まだ十歳なのに、莉音は俺よりも頭がいいんだ。ジェスチャークイズで動作を始める前に答えを言われたこともある」

沙夜は大げさに驚いてから、お礼を口にした。

「でも、私はさっきのクイズのおかげで気が紛れました」

そう口にするが、やはり彼女に覇気はない。

「外出してたの？」

「ええ、両親と散歩してきたんです。すぐ近くの公園にいってきただけなんですけど、終始あんな調子で……。少し疲れてしまいました」

ここに戻ってから始まった口論ではなかったらしい。

「お笑い芸人のコンビが、実際はそんなに仲良しじゃないって知った時、驚かなかった？」

小さいころに観たトーク番組で、好きな漫才コンビが仕事以外で会話をしていないと知った時、俺はショックを受けた。裏切られたような気持ちになったのだ。

「あまり、テレビは見ませんが、気持ちは分かる気がします」

もちろん、今は俺も当然だと思っている。実際、陸上部の友人の中にそれくらいの距離感の相手もいる。それでも、彼女が同意してくれたことは嬉しかった。

「でも、まぁ、両親がピリピリするのは、私のせいなので……」

「そうなの？」

無神経な相づちを、彼女はしっかりと受け止める。

「いろいろ、私の体のことで迷惑をかけてますから……」

沙夜はワンピースの胸の部分で拳を握った。そこを中心にしわが寄る様子は、まるで彼女が自分の皮膚をつねっているようにも見えた。

沙夜が俺の松葉杖へと視線を向ける。

「拓斗さんは、退院ですか？」

「うん。親父が迎えにくるんだ」

「そうですか！　おめでとうございます」

雲に隠れていた満月が顔を出したかのように、沙夜の顔が明るくなる。そのことにどこかで罪悪感を覚えてしまう。

スマホが震える。

「あ、親父ついたっぽい」

松葉杖を支えに立ち上がると、彼女が車イスを後退させて通路を開けた。

「お大事にしてくださいね」

「あぁ、うん」

彼女はこの病院に残るのだ。

ピリピリしている両親。定期的に薬瓶を空にする生活。バカな俺でも、彼女がかかえている病気が簡単なものでないことくらいは予想がつく。

どこかで俺は彼女との再会を望んでいた。また話したいと願っていた。もしまた会えたなら、連絡先を聞けないだろうかとすら思っていた。それが叶《かな》ったにもかかわらず、俺は何も言えないまま歩き出す。

俺は他人だし、まだ彼女のことをよく知らないし、彼女はきっと日々自分のことで精一杯だろうし。そんな正しい理屈ばかりが頭に浮かんだ。

慣れない松葉杖での歩行はむしろスピードが出てしまい、あっという間に病院の出口へたどり着いてしまう。自動ドアに映っている沙夜は、まだこちらに体を向けていた。

「いや、待て待て。違うだろ」

俺は右の松葉杖を支点にして百八十度向きを変え、沙夜のもとへと戻る。

「忘れ物ですか?」

「ううん。お願いがあって」

彼女はきょとんとしながら「お願い?」と繰り返した。

「俺さ、退院はするけど、まだここには通うんだ。検査とか、リハビリとかで」

沙夜は俺の右足の大げさな装具へと目をやる。

「それで、なんていうか、その時、ついでに、お見舞いしてもいいかな? いや! この言い方は違うな。別に君のためじゃなくて、その、むしろお見舞いされたいのは俺というか……」

「私が、拓斗さんのお見舞いを、するんですか?」

スマホがポケットでまた震える。取り繕う時間はない。

「君と話すのは楽しい。それに、元気が出る。たった数分だったけど、この前も今も、確かにそう思ったんだ」

沙夜が固まり無言になる。拒絶の合図かもしれない。

「沙夜がいろいろ大変そうなのは予想がつくし、ものすごく勝手なお願いなのは分かってるんだけど……」

先ほど出口に向かいながら考えたことが口からこぼれる。なにかしてあげよう、なんて思えるほど自分はたいそうな人間ではない。ただ、してほしいことをお願いするだけしかできない。

「迷惑かもって思ったけど、明日の予定を決めるのは、病気じゃなくて、沙夜だって思って」

言葉にしてみるとあまりにも無茶苦茶で、意味の分からない理屈だった。

「病気じゃなくて、私……」

沙夜が小さく震えながら笑う。やがて彼女は目元ににじんだ涙を拭き取りながら顔を上げた。

「私は確かに、ちょっと、やっかいな病気をかかえています。だから、お見舞いしてほしい、なんて、初めて言われました」

「ごめん……。勝手なこと言ってるよな」

「いいえ、それが新鮮で、なんだか嬉しくて。それに、私も好きです。拓斗さんと話すの」

他意のない倒置法に心臓が飛び出しそうになる俺をしり目に、沙夜は背筋を伸ばす。

「上手にお見舞いできるか分かりませんが、それでもよければ是非私に、あなたをお見舞いさせてください」

☽

俺のマンションへと入るなり、莉音はぐるりと部屋の中を見回した。

「やっぱり掃除が行き届いてるね」

「やっぱりってなんだよ」

「タク兄、悩みごとがある時、無駄に家事するじゃん」

テスト前や、調子が悪い時の大会前、確かに俺は家事に没頭して気を紛らわしていた。

今もその癖は変わっていない。

「後悔してるのは仕事辞めたこと？　それともアケミンをふったこと？」

やけどに効く軟膏《なんこう》を足に塗りながら俺をにらむ部長と、ぎこちない笑顔を作る朱美が同時に頭に浮かぶ。

「なんとも、言えないな……」

机の上に視線をそらす。莉音はそれを見逃さなかった。

「もしかして、これがさっき言ってた、会社で、できなかったやりたいこと?」

広げたままだったスポーツシューズのデザイン画や企画書を慌てて片づける。

「お前はベッドで寝ろ。俺はソファで寝るから」

「一緒にベッドで寝てもいーよー? まだ加齢臭は発してないみたいだし」

「だからその一言が余分なんだよ」

莉音がシャワーやスキンケアをしている間に、俺は冷蔵庫の中身と相談してチャーハンを作った。

「で、私が見つけたヒントの話なんだけどさ」

食事を三分の一ほど進めたところで、莉音が切り出す。そろそろかと覚悟はしていたが、それでも口の中にいれたウインナーの味がしなくなった。

莉音が自分のスマホをいじりだす。今日の昼にその動作をした時は、俺のプライベートがリークされたSNSアカウントが出てきたので、気が気ではない。

「半分くらい偶然見つけただけなんだけどさ」

莉音が自分のスマホを手渡してくる。そこに表示されていたのは静岡市内にある喫茶店のブログのようだった。冒頭には三年前の日付がしるされている。

ブログタイトルには《みなさまに支えられて五周年!》とある。

喫茶店が五周年の際の記事らしく、お客さんやお世話になった方々への感謝が綴《つづ》られていた。その最後に店内にある出窓の写真が添えられている。

《私たちの店、喫茶オトサカの歴史コーナーです！》

歴史コーナーというだけあって、そこにはお客さんと一緒に撮った写真や、芸能人らしき人のサインが飾られている。

《南米で呪術《じゅじゅつ》に使われている人形をお土産に持ってきてくれたおじさん、コンクールに入選した絵を譲ってくれた近所の少年くん、一風変わった薬瓶で作ったハーバリウムをプレゼントしてくれた彼女、手にとるたびに、その時の記憶がありありと思い出されます！》

そこまで読んで、俺は莉音と目を合わせる。

「そのハーバリウム、沙夜さんのじゃない？」

写真では、透明な薬瓶の中に浮かぶ花が半透明の影を作っていた。

「ダメ元で薬瓶とハーバリウムで検索かけてみたら、そのブログがヒットしたんだよね」

「なんでわざわざ、お前がそこまで……」

ストーカーから避難するだけでは退屈だ、なんて理由だけで、ここまでするものなのだろうか。

「私の状況は男に付きまとわれて、避難してきたってだけ。基本的にはそれだけ。でもそれとは別に、一個だけ言える」

莉音は人差し指をテーブルに立て、その指先を凝視する。

「タク兄の無様《ぶざま》で、女々《めめ》しくて、色あせた恋の顚末《てんまつ》を、私は知りたいの」

容赦がない言葉だ。でも、だからこそ、それが本心であると俺は確信した。

「顚末、か……」

沙夜とはこの八年間一度も会っていない。高校二年の時に別れてそれっきりだ。

自分で認めようとしてこなかっただけで、諦《あきら》めようとしてきただけで、まだ俺の中で、沙夜との恋は終わりを迎えていないのかもしれない。

「そしたら、私もあいつと……」

莉音の顔が一瞬曇る。そこには、現状に対する不安だけではなく、自分の内側に抱《かか》え込《こ》んだ悩みの影が見て取れた。ただストーカーに追われ、身に危険が迫っているだけではなく、そこに付随して、何か迷いや葛藤《かっとう》のようなものを彼女は抱えているのかもしれない。

莉音は「ま、今は私のことはよくて」と自分で話をもとに戻した。

「それに、私もどっかでずっと沙夜さんのこと忘れられなくて、不安だったの。今日会った幸太は、待ち合わせの時間っていう制限があったけど、タク兄だって、同じかもしれないじゃん？」

莉音は声のトーンをひとつ落とし、まっすぐに俺を見つめた。

「私、覚えてるよ。沙夜さんがもしかしたら、もありうる難しい病気と闘ってたこと」

ベッドでは、俺のパジャマを着た莉音がへそを出して眠っている。それに対して俺はソファの上で寝返りを十回ほど打ったところで、眠るのを諦め立ち上がった。

冷蔵庫からチューハイを取り出す。莉音を起こすわけにはいかないので、俺は廊下に座りこみ中身をあおった。

ふいに玄関の棚に置いていた段ボール箱が目に入る。その中にはさまざまな契約書や大学の卒業証書など、めったに取り出さないものがいれられている。

俺は静かに段ボール箱を開けて、底の方にある小さな箱を取り出す。

そこには、ここへ引っ越す前に見た時と同じく、ひとつのハーバリウムが入っていた。

――造花のほうが、長持ちするんです。

彼女が、別れ際に俺へ残したハーバリウム。八年の月日は、中のペンタスと呼ばれる星形の花から彩度を奪い、色素はゼリーを濁《にご》らせていた。

「ダメだろ。今さら俺なんかに、会いにいく資格ねぇだろ……！」

迷いを振り切るために瓶の蓋を開ける。長年閉めっぱなしだったそれは、まるで自分の未練がこびりついているかのように固く、右手に赤い跡と痛みを残した。

中のオイルと造花をそれぞれ処理する。そうしてから、流しに置いた瓶に、蛇口から水を落とす。空の瓶は一瞬でいっぱいになり、水を噴水のように吐き出した。

最後に蓋を手にとる。その裏側に黒いなにかがこびりついているのを見つけて、俺の体は硬直する。五センチほどの直径しかない蓋の裏に、なにかが書かれている。

台所の電気をつけて手元を照らす。

《この花が　枯れるころ　どうかまた》

彼女が、この文面に気がつくことを想定していたか分からない。メッセージではなく、ただの願掛けだったのかもしれない。

それでも、八年ぶりに得た彼女の新しい言葉が、雷のように心を打つ。

過去の話であるのは確かだ。でも、沙夜がこのハーバリウムに時を閉じ込めた瞬間に、こう願っていたのも確かだ。

「沙夜……」

ぼんやりと玄関の隅に追いやられた革靴を見つめる。きっとまたそのうち履くだろうとしまっていない仕事用の靴。これから先、こんな風に過去を振り返る時間が俺にあるのだろうか。そしてその時の俺は一体なにに向かって歩いているのだろうか。

――あのさ、旅に出ようよ。

宝箱を取り逃して次のステージに進んでしまったような、家に忘れ物をしたが、それがなんなのか分からないような、そんな感覚が八年間も続いていた。

君は今、この世界のどこかにいるのだろうか。

それだけを知りたい。あの日、病院のロビーで〝お見舞いをしてほしい〟などと自分の都合で再会を求めたように、今もまた、その自分勝手な思いに突き動かされるなんて、進歩のない男だ。

それでも俺は――。


ソファの上で目を覚ますと、ローテーブルに朝食が並んでいた。コーヒーの渋《しぶ》い匂いが鼻に入り、ぼんやりとした思考を覚醒《かくせい》させる。

「あ、起きた？　相変わらず朝弱いんだね。中学の朝練の時は、何度私が起こしてあげたことか。高校じゃしてあげられなかったけど、ちゃんと起きれてたの？」

「目覚まし時計を三つ揃《そろ》えたよ」

「朝ご飯だけど、勝手に作らせてもらった。最後卵焼きつくるけど、どんくらい食べれそう？」

つむじや首元のかゆみを爪《つめ》でこそぎ落としてから、俺は答える。

「卵、全部使え」

「まだ六個も残ってるんですけど」

「腐らせるよりいいだろ。ほかの日持ちしないやつも、全部突っ込んじまえ」

我ながら分かりにくい意思表示だったが、二回瞬きする間に莉音は理解し、にんまりと笑った。

「捜しにいく気になったんだ」

窓から差し込む朝日がつくる斜線が、漂う埃《ほこり》を際立たせていた。

II

デートの前にはぐれたら

子供のころから莉音と二人で外出することは少なかった。だが、過去に一度だけ、一緒に旅に出たことがある。

まだ沙夜と出会う前、俺がまだギリギリ中学生だった三月のことだ。その夜、俺は物音に気がついて、家のガレージへと降りていった。

そこでは小さなリュックを背負った莉音が、自転車を引っ張り出そうとしていた。

「こんな夜中にどうしたんだよ」

普段なら寝ている時間のはずだ。

「お父さんとお母さんがうるさくて」

確かについさっきまで両親はリビングで話し込んでいた。引っ越しに際して、役所に申請する書類があるらしく、それに関する話だった。

「今は静かだろ？　どこか行くのか」

「外に行く」

「だから、どこに？」

「どこでも、あてはない」

「旅ってことか？」

「朝には帰るよ」

性格だけは大人びているとはいえ、まだ小学三年生だ。ホテルはおろか漫画喫茶にすら入ることはできないだろう。

「危ないだろ。こんな夜中に」

右脛《すね》に痛みが走る。莉音がピンク色のスニーカーで蹴ってきたのだ。

「こういう時は、送ってく、って言うんだよ。男は」

「お前どこでそういうの覚えてくるんだよ」

俺は両親の車にぶつからないように気を付けながら、自分の自転車をガレージから引っ張り出した。

莉音を荷台に乗せて、俺たちは意味もなく北を目指した。

莉音が強く俺の背中に抱き着いていたが、彼女は小柄《こがら》なので特別運転しづらいとは思わなかった。

「莉音、今体重何キロなんだ？」

「女の人にそういうの聞いちゃダメなんだよ。知らないの？」

「だから、お前どこでそういうの覚えてくるんだよ」

「バレエの先生が言ってた」

「あーあの人か。引っ越し先にもバレエ教室あるといいな」

「引っ越しって言っても、たった四駅隣なだけじゃん。バレエ教室は今んとこで続けるもん。澪ちゃんとかと会えなくなるし」

山道を十分ほど漕ぎ続けて、俺たちは土管や鉄骨が置かれた資材置き場に着いた。俺の体力が限界にきていたこともあり、そこで休憩を取ることにした。

風をよけるために、莉音が土管の中へと入っていく。土管は直径一メートルほどで、俺にとっては体育座りをしていてもまだ窮屈だった。

どこかでコオロギの声がする。

「世界で一番大きい花は、腐った匂いがするんだって」

女の子が披露する豆知識にしては、あまりにもロマンがなかった。

「この前図書室で調べたんだ。見た目も不気味で、しかも、ほかの植物の養分を吸い取りながら大きくなるんだって。気持ち悪いね」

一時間ほど土管の中でくだらない話を反響させてから、俺たちは家に帰った。

これが、一泊すらしなかった俺たちがまだ小さいころの旅の全部だ。

今回、旅に出て、あの日のことをなぜか思い出した。莉音が一連の出来事を覚えているのかどうか、俺は知らない。

助手席で窓に肘をつきながらこちらを眺めていた莉音が口を開く。

「うわーすごい違和感。タク兄が車運転してる」

「茶化すんじゃない。レンタカーは神経使うんだ」

最近まで頻繁に乗っていた会社の車に比べ、ワゴンタイプの軽自動車はハンドルが軽かった。しかも、走っているのは初めてきた街なのだ。どうしても緊張してしまう。

「肩こってきた」

「今日の宿で肩叩いてあげるよ」

「もう泊まりの算段か」

「逆に日帰りで沙夜さんまでたどり着けると思ってんの?」

「まぁ、それは確かに、難しいだろうな」

俺は旅に出た。避難してきた妹を連れて。旅と言えば聞こえはいいが、俺も、自分の居場所と進む方向が分からなくなって現実からの逃避行をしているようなものなのかもしれない。

予約も時刻表検索もせずに新幹線に飛び乗り、乗り継ぎ、莉音が見つけた喫茶店オトサカのある静岡市までやってきた。

「バスでもよかったろ。別に急ぐ旅でもないし」

「いやいや、喫茶店で情報聞いてから、またどこかに細かく移動するかもしれないじゃん。絶対間違ってないよ。あ、次右折」

莉音の指示通り、有名紳士服店が建つ角でハンドルを切ろうとしたが、その先の道路に、この先がイベントのために通行止めになっていることを知らせる看板があった。

「へー、シゾーカミュージックフェスタだって」

「シゾーカ？」

「地元の人は静岡をそう発音するっぽいからあえての表記みたい」

莉音はスマホを操作し始めた。おそらく《静岡市、イベント》で検索をかけているのだろう。

「街全体を会場にした音楽イベント。ライブハウスや居酒屋、いたるところでミュージシャンたちが演奏を披露し、中央公園のメインステージでは……、わっ、ネイキッドの特別ライブだって！　へー、あの人らここ出身なんだ！」

「知らないとおっさんか？」

「そんなに有名じゃないかも。でも、去年テレビで特集されてんの見て知って、アルバムを一個ダウンロードしてたんだ。ほら最近やってるヘアワックスのＣＭもこの人たちの曲だよ」

神様の思《おぼ》し召《め》しというよりも、莉音の音楽の守備範囲が広いが故《ゆえ》に遭遇した偶然なのだろう。それでも、彼女は饒舌《じょうぜつ》になり、メインステージでの彼らの出演時間を調べ始めた。

看板に描かれていた迂回路《うかいろ》に従って駅前エリアを抜ける。その間に見かけたコンビニでは、タープテントを店の前に張りホットスナックの販売を行っていた。

「ほら、タク兄窓開けて、微妙に音楽聞こえてるよ」

赤信号で止まってから窓を開ける。確かにうっすらとトランペットの小気味いい演奏が聞こえてきた。

「遊びにきたわけじゃないんだぞ。手掛かりは喫茶店のブログに写ってたハーバリウムだけ。見つからないこともあるし、追いかけた結果他人だったってオチもありうるし、それに……」

「はいはい。そういうネガティブシンキングいらないから。すでにフィアンセがいてタク兄がキモがられる。って可能性も高いけどね」

——私、覚えてるよ。沙夜さんがもしかしたら、もありうる難しい病気と闘ってたこと。

莉音が話を途中で遮ったのは、俺が縁起でもない仮説を思いついたことに、気がついたからかもしれない。

「まさか、出発早々帰りたいなんて思ってないよね」

「思ってないさ。でも、まだ迷いはある」

これはハッピーエンドで終わるとは限らない旅なのだ。晴れやかな気分でアクセルを踏んでいるわけではない。

莉音が次の曲がり角を指示した。目的の店まではまだ十五分ほどかかるようだ。

「そもそも、店に電話して聞いてもよかっただろ。わざわざこんなとこまでこなくても」

「いやいや、おたくの常連客について教えてください。なんて怪しい電話まともに取り合ってくれると思う？　実際に訪問すれば、誠意のアピールになるじゃん。こういう通信手段が発達した時代だからこそさ」

次の交差点で赤信号に引っかかった際、莉音の手の中でスマホが震えた。

彼女はその差出人を一瞥《いちべつ》したところで横から見ていても分かるほどに顔をしかめた。いらだたしげに指を画面の上ですべらせ、通知バーを画面外に追いやる。

「もしかして、ストーカーからか？　無言電話とか、いたずらメールとか」

莉音はサイドブレーキの上で手刀を動かして、見えない境界線を宙に描いた。踏み込みすぎだと言いたいのだろう。

「黙秘権です」

「なんだよそれ、芸人の一発ギャグみたいだな」

莉音は破顔しながらもう一度手刀を切った。

「黙秘権」「その芸人売れなさそうだなー」「必殺、黙秘拳！」「口止め用の技か？」

喫茶オトサカの駐車場には《営業中》とペンキで手書きされた看板が置かれていた。俺たちの車以外に停《と》まっているのは一台だけだったので、慣れない車でも安心して駐車できた。

駐車場に立つ電柱の表記を見るに、静岡市内をさらに細かく割った時、この地域を〝音坂〟と呼ぶようだった。店の名前はそこから取ったのだろう。

運転席から降りて屈伸をする俺に、莉音が小さく「お疲れ」と声をかけてきた。

「足痛いの?」

「ただのストレッチだよ」

喫茶オトサカは山小屋のような外観と内装をしていた。しかし、扉は自動ドアで、入ってすぐのレジカウンターにはデジタルフォトフレームが置かれていた。開店から十年ほど経《た》っているはずだが、掃除や設備のアップデートが細かく行われているのか、もっと新しい建物に思えた。

四人掛けのテーブル席へと目をやる。一瞬、常連客としてコーヒーを飲む沙夜がいることを期待したが、もちろんそんな奇跡が起こるはずはない。そこには談笑している中年女性のグループが一組いるだけだった。

「いらっしゃーい」

カウンターの陰から小太りの女性が顔を出す。えんじ色のエプロンには《副店長恭子》

と書かれたネームプレートがつけられていた。

「二人？」

「いや僕たちは聞きたいことがあっ——」

莉音が俺の脇腹をつつく。

「いきなり本題に入るのはバカでしょ」

莉音はにっこりと恭子《きょうこ》さんに笑顔を返しながら、カウンター席の真ん中に着席した。その席からは店の奥の出窓にある〝店の歴史コーナー〟を見ることができた。ブログに載っていた画像よりもさらに写真や小物が増えていたが、肝心のハーバリウムは見当たらなかった。

莉音が耳元に顔を近づける。

「タク兄のサポートはするつもりだけど、話の聞き方は気を付けてよね。バカ正直なのは悪いことじゃないけど、それで失敗したらただのバカよ」

「嘘つけってのか？」

「男に昔に別れた恋人を捜してるって言われて、簡単に情報出してくれるわけないでしょ。事情を知らない人が見ればただのストーカー行為なの」

仮に警察に捕まった時、俺が出せるのは《この花が　枯れるころ　どうかまた》と書かれた瓶の蓋だけだ。

「さすがストーカーに追われてるだけあるな」

「過剰な誤解を受けないために、私の存在が役に立つとは思うけどさ」

恭子さんがカウンターの向こうから水とメニュー表をこちらに差し出した。

莉音はおすすめメニューに関する話題を切り口に、恭子さんと楽しげに会話を始めた。

「あー分かるー！　男って融通利かないとこありますよねー！」

「そうなのよー。夫を立てて店長にしてあげたけど、実質、私がこの店の要《かなめ》なわけ」

たった五分で、二人は意気投合していた。まるで親戚のおばちゃんと話すかのように、
莉音は腹をかかえて笑っている。

「私も男友達に話したことあるんです。女は悩みを相談した時、打開策を提示してほしいんじゃなくて、共感してほしいだけなんだって」

「そうなのよねぇ。とりあえず気分を共有してからよね」

「で、そのあと家庭科の授業でそいつと同じ班になったんです。その日はエビフライを作ったんですけど、友達がミスって火柱が上がっちゃって」

莉音が上下に手を広げて、その時に上がった火柱の高さを表現する。

「私がヤバい！　って叫んだら〝そうだな。ヤバいな！　俺もそう思う！〟って共感してきて」

恭子さんは笑いすぎて拭いていたグラスを落としそうになり、慌ててシンクの中に戻した。

「でも、その時の私は笑う余裕なんてなくて今は共感よりも打開策よ！　って叫んだんです。そしたらそいつ、次は電気コンロを使おう、って……」

「火をどうにかしなさいよ！　逆にすごいわねその子」

「西高一のバカです」

恭子さんがグラスを持ち直し、洗い上げを再開する。

「あら、西高って静岡西？　うちの娘と同じじゃない」

莉音が俺に目配せをした。本題へ移るぞ、とサインを出してくれたのだろう。

「違います。私たち、実は横浜から来ていて」

俺は大阪だが、ややこしくなるので訂正はしない。

「あらまぁ、てっきり、近所の人かと。なに、あれなの？　ミュージックフェスタに？」

「いいえ、実はお尋ねしたいことがありまして」

莉音がスマホを取り出し恭子さんに手渡す。

「それって、このお店のブログですよね」

「そうよ。これは五周年の時の記事ね」

「その写真の中に、ハーバリウムが写ってるじゃないですか。女性のお客さんがプレゼントして置いていったって」

「ハーバリウム……、あぁ、この瓶に花が入ってるやつ」

莉音に脇腹をつつかれて、俺はリュックから持ってきていた薬瓶を取り出す。

「あら、それ、キャップの色が同じね」

恭子さんが画像の中のハーバリウムと、俺が渡した薬瓶を見比べたあと、店の奥の〝喫茶オトサカの歴史コーナー〟へと目線を移す。

「でも今はないわね。どこにやったんだったかしら……」

莉音がスマホを恭子さんに持たせたまま画面を切り替える。そこには、俺と莉音、そして、沙夜の三人で写っている写真が表示された。俺と沙夜は学校の制服を着ていて、莉音は当時通っていたバレエ教室の鞄を肩から提げている。

「お前、写真なんて持ってたのか」

「昨日探したらクラウドに残ってたの」

手短に驚く俺を処理してから、彼女は恭子さんに説明を続ける。

「そのハーバリウムなんですけど、もしかしたら私の昔の友達が置いていったものかもしれなくて。実は彼女を捜して回っているんです」

恭子さんは「それで横浜から!?」と驚いてから、写真を凝視した。

「あーなんかこの子見覚えがある気がするわ……！　確かサユとか、サラみたいな名前の女の子だった気がするのだけど……」

莉音と顔を見合わせる。

「友達は沙夜って名前でした」

「あー！　覚えてる。そうそう。沙夜ちゃん。六、七年くらい前だったかしらね。読書とか勉強とかしに、よくきてくれたのよねー」

恭子さんは手を叩いて記憶の復活を喜んでから、スマホを莉音に返す。

「でも、沙夜ちゃんのことなら、飛鳥《あすか》のほうがよく覚えてると思うわ。あ、飛鳥っていうのは私の娘なんだけど」

莉音が「恭子と飛鳥。素敵ですね」と笑う。俺はワンテンポ遅れて〝きょう〟と〝あす〟が二人の名前に含まれていることに気がつく。

「飛鳥は今、莉音ちゃんと同じ高校三年生なんだけど、当時小学生だったあの子はよくここにも遊びに来てたのよね。それで、沙夜ちゃんと一緒に勉強をさせてもらってたの」

恭子さんは、沙夜がわがままな娘に付き合ってくれていたのだと苦笑いした。

「そのハーバリウムもね、実は店というより、娘がもらったものなの。ここに二年くらい通ったあとで、この街を離れることになったからって」

この近辺に沙夜がいる可能性はなくなった。どこかで安心している自分もいる。

「飛鳥は今、ミューフェスにいってるのよね。今から連絡してみてあげる」

「ありがとうございます。そこまでしていただけるとは」

恭子さんは「お客様は神様だもの」と冗談を言ったあとで、わずかに表情を硬くした。

「それにね、今まで忘れてたくせにこんなことを言うのはずるいかもしれないけど、沙夜ちゃんがどうなったのか、気になってたのよね。あの子、音坂総合医療センターに入院してたみたいだから。元気かなーって」

「音坂総合医療センター……」

「このすぐ近くにある病院よ」

脳内のカーテンがめくれて、八年前のワンシーンが頭によみがえる。俺は一度、過去にその病院の名前を見たことがあった。

やはり沙夜はこの街に、そして、この店に来ていたのだ。

九月も終わりに差し掛かった。しかし、暦《こよみ》なんて知ったこっちゃないと言わんばかりに、残暑はグラウンドを焼いている。短距離の部員は体の片側だけが日に焼けるなんて笑い話があるが、トラックを周回する中長距離の部員は、何度もひっくり返される焼き鳥といったところだろうか。

「拓斗ー。代わってくれーい」

三年生の引退と同時に部長に任命された河合《かわい》が、グラウンドの端に座る俺のところへとやってきて倒れこむ。

「俺のケガとリハビリも代わってくれるならいいぜ」

術後しばらくは、右膝以外のトレーニングやストレッチが日常だった。週二度ほどは根木病院の理学療法士のもとで、それ以外は部活を眺めながらグラウンド脇で指示されたリハビリをすることが日課なのだ。

「それは嫌だ。代わりに俺のこのイケメンフェイスをくれてやる」

「ひどいもん抱き合わせるんじゃねーよ」

河合が大きな口を開けて、がははと笑う。

「でも松葉杖とれてよかったじゃねーの。順調ってことだろ?」

「理学療法士には、ここからがリハビリ本番だ、って脅されたけどな」

自分の胴体ほどもあるバランスボールを抱きかかえ、左右に揺らす。水族館のアシカにでもなった気分だ。

「実際どんくれーでまた走れるようになるんだよ?」

「順調にいけば半年くらいって言われてる」

「そんなにか!?」

河合がその期間にある競技会や大会名を口にする。

「あ、でも、焦らせるつもりはないからな。半年で治せば、三年の大会は出られるってことなんだからさ」

俺は「そうだな」と自分に言い聞かせるように相づちを打つ。

「その間は俺が部を引っ張る。タイムを縮めて、テレビにも出て、有名になって読モをやってる彼女を作る！」

いくつかくだらない話を交わしたあとで、河合はトラックでの練習へと戻っていった。

グラウンドの隅に残された俺は、課せられているトレーニングをすべて終えてしまい、途中からは部員をただ眺めるだけになる。

「まだいけるな……」

一度脇に置いたトレーニング用のゴムバンドへ手を伸ばした時、背にしているフェンスの向こうから莉音の声が飛んできた。

「やりすぎ禁止なんでしょ？」

「莉音。そうか今日は月曜か」

彼女がうなずきながら肩から提げたバッグをポンポンと叩く。バレエ教室のロゴが入ったものだ。

バレエ教室までの途中にこの高校は建っている。月曜日はレッスンと部活動日が重なっているので、こうして話すのは初めてではない。

「大丈夫か？　なにか困ったこととかないか？」

「毎回それ聞いてくるのやめてよね」

「だって、俺はもともと推薦もらってた高校に進んだだけだけど、お前は小学校の途中で引っ越したんだ。うまくやれてるか心配だよ」

「一年経ったんだよ？　今もう五年生。平気だって」

莉音はわざとらしく腕を組み、いらだたしげな表情をしてみせた。

「今日はお兄ちゃんにこれを渡しにきたの」

莉音が歩道でつま先立ちをして、一段高いグラウンドにいる俺になにかを手渡す。まだ小さい彼女の手は、金網の穴を簡単に通り抜けた。

「なんだこれ、テーピング？」

受け取ったものを確認すると手指用の細いテーピングテープだった。すでに半分以上を使い切っている古いものだ。

「引っ越しの時に、私の段ボールに紛れ込んでたみたい」

「今さらこれ渡すためにわざわざ寄ってくれたのか？」

「使うかと思ったから」

莉音は校庭で走る陸上部を眺める。

「焦るだろうけど、また無理してケガしたらただのバカだよ？」

「焦るさ。このゴムバンドだって、わざわざ部費で買ってくれたんだぜ？」

バランスボールは顧問がリハビリに使うならと、私物を寄付してくれたのだ。

「親切心に応えるために、安静も大事でしょ」

「親切心、なんて言葉、俺も使ったことねーぞ」

「おばあちゃんが教えてくれた」

莉音はぼんやりとグラウンドを眺めてから、また口を開いた。

「ところでお兄ちゃんさ、彼女でもできたの？」

「彼女？　なんの話だよ。俺のこと、さえないさえないっていっつも言ってたのはお前のほうだろ？」

返事だけは平静を装ったが、手元でコップについでいたスポーツドリンクが半分ほどこぼれていた。莉音はそれを見ながら「やっぱり」とため息をつく。

「いや、だからそんなんじゃない。ただ病院で知り合った子がいて、メールしたり、リハビリの前に話したりしてるだけだって。というかなんでそのことお前が知ってるんだよ」

「先週ここ通った時に、メールしてるとこ見かけたから」

「親父からのメールを見てただけかもしれないだろ」

「その時のお兄ちゃんの顔、なんか柔らかかった」

論理性に欠ける根拠だったが、限りなくそれは正解に近い。松葉杖が手放せない生活も、回復までの過程も、思っていたほど楽なものではなかった。それでも根気強く毎日を過ごせているのは、彼女のおかげだろう。

「沙夜っていうんだけど、メールでも敬語なんだよな」

「迷惑がられてんじゃないの？」

「うわーやっぱそうなのかなー？　莉音よかったらメールの文面考えてくれよ」

「小五の妹に恋愛相談しないでよ、気持ち悪い」

莉音は肩にバッグをかけなおして、バレエ教室の方向へと歩き始めた。

「でも、よくそういう気分になれるね」

「まぁ、それは、自分でも驚いているよ」

ケガのリハビリ中なのに余裕があるね、という意味かと解釈して答えを返した。しかし、莉音の背中が小さくなったところで、彼女の真意は別のところにあったのかもしれないと気がつく。それでも答えは同じなのだが。

病室をノックすると、返ってきた声はどこか上の空だった。体調が悪いのかと心配するが、入室してみると沙夜はベッドテーブルでの作業に集中していた。それで返事が上の空だったのだ。

「すいません。最後にこれだけ……」

彼女はそう断ると、薬瓶の中にハーバリウム用のオイルを注ぎ始めた。瓶の中に詰められた造花がオイルに浸っていく。瓶の中には造花だけではなく、フルーツのミニチュアも入っていた。いろとりどりのそれらが、まるで空中浮遊の魔法をかけられたように、瓶の中でふわりと浮きあがる。最後に蓋を手にとり、裏側に油性ペンでなにかを書き込んだ。

「メッセージかなにか？」

「いえ、日付とサインです、特に意味はないですけど」

沙夜が透明なフィルムのようなものを文字の上に張り付ける。

「蓋、力がいるなら俺が閉めようか？」

「いえ、自分で最後までやりたいので」

顔を上気させながら両手に力を込めて、彼女は自ら瓶に封をした。仕上げにピンク色のリボンを巻き付ける。

「なんていうか、ファンシーだね」

完成したハーバリウムの色合いはパステルカラーで統一されている。

「誰かに作ってくれって頼まれたのか？」

「いいえ、人見知りなので、患者さんたちと特別仲良くなることはあまりないです。お互いに事情がある同士だと、逆に会話がかみ合わない時もありますし」

沙夜は完成したハーバリウムへと視線を移す。

「だからこれも看護師さんから頼まれたんです。小児科で飾りたいからって」

キャビネットの上には図書館で借りてきたらしい絵本が数冊積まれている。趣味と言いながらも、下調べや設計をしっかりするところは丁寧な彼女の性格がよく表れている。

沙夜は俺との約束の時間まで作業をしていたことを謝りながら、ベッドテーブルを片づけた。その際、厚めのパンフレットが一冊床に落ちる。

拾い上げて彼女に渡す時、表紙に〝音坂総合医療センター〟と書かれているのが見えた。

「あれ、そういえば拓斗さん松葉杖は？」

「とれたんだ。いや、とれたって言い方もおかしいのか。別に俺にくっついてたわけじゃないし」

メールで伝えることもできたが、あえて伏せておいた。直接伝えたい、いや、直接祝ってほしかったからだ。

「それは、すごく、おめでとうございます」

「代わりに今日のリハビリからメニューがきつくなるらしいけどね」

俺の愚痴に苦笑いしてから、彼女は表情をまた明るくした。

「ちなみに、私も来週退院することになりました」

「おぉ！　それは、すげーおめでとう」

今までも彼女が入退院を繰り返しながら病気の治療を進めてきたことは聞いていた。だから今回の退院が完治を意味しないことは理解しているつもりだ。それでもプラスの出来事ではある。

「なんだ、そういうことならお祝いになにか買ってきたのに」

「メールではなく直接伝えたくて」

考えていたことが一致して、心がなんだかむずがゆくなる。

「じゃあ、今からでも祝杯をあげにいきましょうか。あ、でも、もうリハビリの時間でしょうか？」

俺は首を振り、まだ三十分ほど時間があることを告げる。

「でも、祝杯って、どこで？」

俺たちは院内の休憩所に移動した。ラウンジとは別の、病棟間の渡り廊下にある、もともとは喫煙所だったスペースだ。

「へーこんなところもあったんだ」

「ここ、静かなんですよね」

駐輪場のそばに設けられたスペースは優雅とはいいがたい。沙夜が腰かけたベンチも、プラスチックが劣化して色あせている。

「うちの部室より百倍いいとこだ」

俺が部室のありさまを誇張《こちょう》して話すと、沙夜は想像した匂いに鼻をつまんだ。ひとしきり笑ってから、彼女は自動販売機の前に立つ。

「院内に喫茶室があれば、足しげく通うんですけどね。なにか飲みますか？」

「いいよ。自分で払うよ。女の子に払ってもらっちゃダメなんだろ。こういうのって」

「それはデートの作法じゃないですか？」

カーディガンのポケットから小銭いれを取り出しながら、彼女が作った笑顔を観察した。俺の冗談にほころんでいる自然な笑顔だった。

デート、ではないのか。

鼻をかきながら苦笑いしていると、沙夜からもう一度なにを飲むか尋ねられた。

「じゃあ、デカフェのキャラメルマキアートを低脂肪ミルクで」

沙夜は目をぱちくりさせながら、そんなものがラインナップにないことを確認し「カフェオレにしますね」と五百円玉を投入した。

「お気に入りの場所のひとつでもあればいいんですけど。ここは敷地《しきち》も広くて、麻酔科とか緩和ケア内科とか、たくさんの診療科がありますけど洒落《しゃれ》た設備には乏《とぼ》しくて」

「緩和ケア内科？」

「がんとか、重い疾患をかかえてる人の〝最後の時間〟をケアする医療です」

そんな科があることを俺はそのとき初めて知った。湿っぽくなりそうな話題を避け、俺は話を戻す。

「せめて、病院の目の前に喫茶店があったらいいのにな」

沙夜が勉強に熱心なだけでなく、読書が趣味であることは聞いていた。自宅や病室などよりも、公園のベンチや図書館などで読むことで、より本の世界に集中できるらしい。

「それも素敵ですね。でも、物語に出てくる病弱な女の子って、よく院内にお気に入りの場所を持っているじゃないですか。私にはそれがないんです」

自らのことを病弱な女の子と呼んだことに驚くが、彼女にとっては自虐でもなんでもないようだ。

「きれいな中庭とか？」

「そうですね。それと、屋上ですかね。私の病室、ベッドを窓側に寄せてもらっているんですけど、あれは景色が見たいからなんです。でも、まぁ、三階からじゃ……」

「車イスの行く手を段差で阻《はば》まれてるバカくらいしか見えないな」

小さく沙夜が笑う。

「だから、ここの屋上に出てみるのは、夢かもしれません」

「夢だなんて大げさな」

沙夜は口に持っていきかけていたお茶を下げて「そうですよね。夢っていうのはもっと大きいものに使う言葉ですよね」と眉をハの字にした。

「あ、いや、そういう俺も別にたいそうな夢があるわけじゃないけどさ」

「陸上にプロの世界は？」

「ないことはないけど、目指さない。オリンピックに出る！　とか言えるほどには天才じゃないのは分かってるし。このケガじゃ、大学から声がかかるかも分からないし」

「根気強くやってくださいね。それも、きっとタイムを短くするための過程なんだと思いますから」

沙夜の言葉で、また脳内の回路が形を変える。

マイナスをゼロに戻すリハビリを、どこかでネガティブにとらえていたが、これも次に立つトラックで、速く走るための準備の一環だと思うと、心が軽くなる気がした。

彼女の言葉には何度も驚かされる。さっき、ハーバリウムの蓋を自分で閉めることを貫《つらぬ》いたこともそうだ。彼女は新しい考え方や、思わず憧《あこが》れてしまうような信念を俺に見せてくれる。

カフェオレを半分ほど飲み込んでから、今度は俺が言葉を返す。

「それを言えば、沙夜だってすごく頭がいいだろ？　なんでもなれそうじゃん」

「私は、まだ周りに迷惑をかけない人間になるので精一杯で……。だから、病院の屋上をお気に入りの場所にしたい。くらいが夢です」

彼女の握る缶が、小さくペコリと音を立てた。

思い出すのは、先日のロビーで見た家族の様子だ。沙夜の病状について口論する二人の間で、彼女はどこか申し訳なさそうにしていた。

「そっか……」とただ相づちを打つ。

俺にも似た気持ちはある。陸上部のみんなに、家族に、ケガで迷惑をかけ、何も返せていない感覚。沙夜にとっては、それがずっと昔から当たり前で日常だったのだ。責任感の強い彼女の場合、その気持ちは俺以上に大きく膨《ふく》らんでいてもおかしくない。

「この病院の屋上には出られないの？」

沙夜は飲んでいるものが抹茶にでも変わったかのような渋い顔をする。

「看護師さんに一度尋ねた時、立ち入り禁止だと言われました。なので屋上へ続く通路があるのかどうかすらも確かめてはいませんね」

首を傾けて病棟の屋根を確認する。柵《さく》はあるようだが人影はない。

あの場所への憧れはよく分かる。

「ロマンが足りない病院だなぁ」

「キャラメルマキアートもありませんしね」

恭子さんに教えてもらった駐車場に車を停める。普段はただの空き地のようだが、ミュージックフェスタの開催中は特別に駐車場として使われているらしい。ラミネート加工された紙が敷地を囲むロープにぶら下がっていた。

「ネイキッドがやる公園ステージと逆側じゃん」

莉音がミュージックフェスタのパンフレットを広げながら口をとがらせる。これも恭子さんにもらったものだ。

「俺たちは飛鳥ちゃんを捜しにきたんだぞ」

恭子さんは飛鳥と連絡をとることができなかった。電話に出ないわけではなく、呼び出し音すら鳴らなかった。

――おっかしいわね……。いくら普段より混んでても圏外ってことはないと思うんだけど。電源入ってないのかしら……。

――演奏を聴くために電源を落としてるのかもしれませんね。別にこっちの用事は急がないので、また明日にでも来ますよ。

恭子さんは心配そうに繋がらなかった電話機を眺め続けていた。

——去年はハメを外しすぎた人が痴漢したり、未成年にお酒を飲ませたり、いろいろあったのよね。それで連絡はいつでもとれるようにしておきなさいって、今朝も口を酸っぱくして言ったばかりなのに。

莉音と顔を見合わせてからまた向き直る。

——私たちもネイキッドのライブを観にいくので、もし見かけたら声かけますよ。恭子さんに連絡するようにって。

俺はうなずきながら莉音に同意した。

——僕らもそこで話も聞けたら一石二鳥ですし。もしそれでも心配ならイベントの運営か警察に連絡するべきですけど。

——そこまでの心配はしてないけど……。もし頼めたら安心だわ。それ。

恭子さんは偶然見つかる確率は低いだろうから無理に捜さなくてもいい、と念を押しつつも、俺たちの申し出を受け入れてくれた。

ジャケットの胸ポケットからコースターを取り出す。そこには《喫茶オトサカ》と印字されている。飛鳥を見つけた時、事情の説明がスムーズになるようにと託されたものだ。裏には恭子さんからのメッセージが書かれている。

周りの活気と道端《みちばた》で演奏されているジャズ音楽に負けないよう、声を大きくする。

「飛鳥ちゃんの特徴ってどんなんだったっけ？」

「紺のブラウスとジーンズで出かけた。髪はベリショで目元に泣きぼくろ。ごついスマホケースをつけてて、男女四人組でダブルデートしてる。あと、去年の夏までバスケ部所属。さっき画像見せてもらったじゃない」

見せてもらった写真すら脳内でぼやけはじめているというのに、莉音はすらすらと飛鳥の特徴をあげる。

「でも、恭子さん、バスケ部だなんて言ってたか？」

「喫茶店の思い出コーナーに飛鳥ちゃんの名前入りのトロフィーがあったから」

俺はハーバリウムを探すのに夢中で、トロフィーがあることにも気がつかなかった。

「でも、日が暮れてきて一層人が増えてきたね。見つかるかなー」

普段は栄えているとは言えなそうな商店街だが、今日は十メートル先を見ることもできないほど人がいた。近隣の住民だけではなく、遠くからこのイベントに足を運んでいる人も多いようだ。

「親に邪魔されたくなくて電源切ってるだけなら、私らは彼女にとってお邪魔虫だけどね。私と同じ高三なら、地元の友達と遊べる貴重な機会なんだろうし」

そんな時期に地元から離れている莉音はどうなんだと言い返してしまいそうになる。

「まぁ、でもよかったじゃん？　沙夜さんのこと空振りじゃなくて。この街に来てたみたいだね。沙夜さん」

「そうだな。いい喫茶店も病院の近くにあったみたいだし」

ミュージックフェスタは、沙夜がここにいる間にも開催されていたのだろうか。この人混みの中を移動するのは体力を使いそうだ。

莉音は歩行者天国になっている交差点で立ち止まる。パンフレットのマップを見る限り、ちょうど開催範囲の中心地点で、飛鳥を捜すには最適だと判断したからだ。

十分ほどそこで立ち止まっていたが、彼女は見つからなかった。代わりに引っかかったのはレコード会社のスカウトを名乗る人間だけだった。

「アーティストについてここにきてるんだ！」「君には光るものがある！」「ただ事務所への登録料とデビュー料金が十万円かかる……」

胡散臭《うさんくさ》さを前面に出した男は最終的に口座番号が書かれた名刺を莉音に渡して帰っていった。

「こういうイベントにかこつけて悪いことするやつがいるんだな。なんだよデビュー料金って。まさか飛鳥ちゃんこいつに連れ去られてたり……、それはないか、賢そうな子だったし」

「どうだろうね。恭子さん言ってたじゃん。スマホをよく落とすドジなとこもあるから、スマホケースはアウトドア用の頑丈なやつなんだって」

莉音は「強気そうな子なのにギャップあるのいいよね」と自分の感想を挟み続ける。

「人って思ったよりステータスとか気にするし。歌手になれるなんて言われたら、嬉しくて判断能力を失うことあるよ」

俺が「そんなもんか？」と首をかしげると、莉音はため息をついた。

「タク兄が頓着《とんちゃく》ないだけだよ。実際うちの学校にも読モやり始めた途端に態度でかくなる子とか、ヒエラルキーのためだけに運動部のエースと付き合ってる子とかいるし」

自分の学生時代を思い出すと、思い当たるふしは確かにあった。

「人間って人にレッテル貼ったり、一部のステータスをみて人柄まで決めたりしちゃうからね。明確な悪気がなくたって、偏見や先入観はそこら中にあって、それで実害が出ることだってあるわけで……」

難しい話になってきたので、話題を巻き戻す。そもそも俺は飛鳥ちゃんがさっきのスカウトマンのような手合いに絡まれている可能性を論じたかったわけで——。

「あ」

ちょうどその時、交差点の反対側をベリーショートヘアの女の子が通った。髪の長い女の子を連れているだけで、男女四人組ではなかったが、紺のブラウスを着ている。

「莉音、いたぞ！」

人混みをすり抜けながら二人を追いかける。すぐ後ろまでやってきたところで、二人の会話が耳に入った。

「どうする？　ネイキッドのライブまで時間ないよ……？」

「ごめんね飛鳥。私がスマホ取り上げられてなければ……」

「それ言い出したらスマホなくした私のがバカだよ。夏奈《なつな》は悪くない」

「あの！」

喧噪《けんそう》の中でこちらに気がついてもらうには、肩を叩くしかなかった。飛鳥は鋭い目をさらにきつく吊り上げながら、こちらに振り向いた。

「なんですか？　ナンパならお断りです。今からお互いの彼氏と合流するところなんで」

「いや、怪しいものじゃなくて。ただ飛鳥ちゃんに話が……」

軽率に名前を口にしたことで、彼女の警戒心はさらに上がった。夏奈、と呼んでいた隣の女の子を一歩下がらせ身構える。

「通報しますよ？」

「連絡できる状況なの？」

隣で莉音が「説明下手すぎ……」とあきれる。

飛鳥と夏奈は目を丸くし、顔を見合わせた。

「もしかしてこの人、私たちのことつけてたんじゃ……」

確かに彼女の電話が繋がらないことを、知らない男が知っているのはおかしい。

泣きそうになる夏奈の肩を押さえながら飛鳥が大きく息を吸い込む。周りに助けを求めるつもりだ。

「タク兄、コースター」

莉音が俺の脇腹をつついて、ようやく俺はコースターの存在を思い出す。

「そうだ。そうだ！　これ、これみて！　お母さんのお店のコースター！」

胸ポケットから取り出したコースターを飛鳥の顔に突きつける。彼女はそれを手にとり、直筆で書かれた《連絡はとれるようにしなさい　母より》というメモを確認する。

「お母さんの、知り合い？」

「知り合いってほどじゃないけど……」

俺たちは喫茶オトサカを訪れていたこと、恭子さんが娘と連絡がとれないことを心配していたこと、もし見かけたら声をかけてほしいと頼まれていたことを説明する。

「心配性なんだから、あの人はもう……」

莉音は腕を組みながら、まるで前から友達だったかのような気楽さで飛鳥に問いかけた。

「なんで電源を切ってたわけ？」

飛鳥は短い髪の毛先を指でいじりながら、ばつが悪そうに答えた。

「私だってメールはお母さんにいれるようにしてた。でも、スマホをさっきなくしたの。歩いてたらいつの間にかポケットからなくなってて……」

彼女はジーンズのポケットを悔《くや》しそうにさする。

莉音は「そう……」とつぶやいてから首をひねる。

「どうした？」

「いや、なんか引っかかるんだけど、なんだろ……」

俺の問いかけに曖昧に応えて、莉音は黙り込んだ。代わりに俺が話を引き継ぐ。

「お母さんから、ごつめのスマホケース使ってるって聞いてた。そのケースのおかげで壊れてはないだろうね」

慰めるつもりだったのだが、飛鳥は自分のミスをバカにされているように感じたらしい。彼女は鋭い視線をこちらに返してきた。

「こういう催しだと、落とし物は運営に集まるんじゃないの？　いってみた？」

「はい。でも、届けられてはいないそうです」

つい昨日も、こんなやりとりをしたことを思い出す。

「もしよかったら、スマホ探すの手伝おうか？　昨日落とし物探しに成功したばかりで、俺たち縁起がいいと思うけど」

飛鳥は強く首を横に振る。

「それよりも、私たち、アレンと倫太郎《りんたろう》……、じゃなくて連れと合流したいんです」

恭子さんからダブルデートに出かけたという情報をもらっていたことを思い出す。

「アレンと倫太郎、っていうのは、友達だね？」

「恋人です！」「恋人ですよ」

恋人だと断定してはデリカシーがないかとあえて〝友達〟と表現したのだが、二人同時に否定された。

「でも、合流は簡単なんじゃないの、確か、そっちの……」

俺は髪の長い飛鳥の友達へ視線を向けてから、彼女たちがやりとりしていた名前を思い出す。

「夏奈ちゃんのスマホで連絡をとれば一発でしょ？」

夏奈は飛鳥と触れ合った視線をとっさに逃がして、申し訳なさそうにうつむいた。

「先月、通信料を使いすぎてしまって、罰として両親に取り上げられているんです」

夏奈の所作からは育ちのよさを感じる。だが、そう育てた両親だとしても今時の高校生からスマホを取り上げるというのは酷に思えた。

「厳しいね。外出の時くらい安全のために返してくれてもいいのに」

「今日は、その、親に内緒で来てしまったので」

——私と同じ高三なら、地元の友達と遊べる貴重な機会なんだろうし。

莉音の言う通り、今日のこのイベントは、彼女たちにとって大切なものらしい。

「じゃあ、よければ俺のスマホを貸すから、電話しなよ。アレンくんか、倫太郎くん、どっちかに」

飛鳥はいらだたしげにため息をつく。

「それはもう試そうとしました。公衆電話で。でも、相手の電話番号が分からなくて……」

確かにアドレス帳にすべての情報を登録している昨今では、恋人や家族でもわざわざ電話番号を覚えたりはしない。俺も、莉音の電話番号を暗記などしていない。

「それに、私たちいつも現地で連絡を取り合いながら集合するようにしていて、集合場所も明確にしてなかったんです……」

「じゃあ、手当たり次第足で捜すしかない、ってことか……」

彼女たちの額に浮かぶ汗が、その試みがうまくいっていないことを表している。

「困ったな。莉音、お前ならどうする？」

右後ろを振り向くと、莉音は硬い表情で夏奈を見つめていた。

「おい、莉音」

「え、あぁ、そりゃもう歩いて捜すしかないんじゃない？　二人がいそうなところを予想しながら」

名案が浮かんでいるかもしれないと思ったが、それは期待しすぎのようだった。

「もしかしてだけど飛鳥ちゃんの彼氏がアレンくんで、夏奈ちゃんが倫太郎くん？」

莉音の質問に飛鳥と夏奈は同時にうなずく。

「お前よく分かったな」

「いや、二分の一だし。アレンって名前からハーフかもって思って、そしたら体格的にはバスケやってて、同じバスケ部の飛鳥ちゃんと仲いい可能性は考えたけど」

「すごい、そうなんです。アレンくんはイギリス人のハーフで、背も高くて。男子バスケ部のエースなんです」

夏奈が小さく手を叩き、莉音の推測が的中したことを褒《ほ》め称《たた》える。

「夏奈ちゃんはその二人と仲良し？　喧嘩とかしてない？」

莉音の質問の意図が分からなかったのか、夏奈は首をかしげながら答える。

「はい、仲良し、ですけど……」

「なら、愛のパワーで再会できるかもね！」

莉音に対して違和感を覚える。

――恋なんてろくなもんじゃないね。

――嫌いなんだよね。恋愛しとけばすべてうまくいくみたいな感じの映画。宗教に見える。

どこか恋に対して冷めたように語っていた彼女が〝愛のパワーで〟なんてことを本気で言うだろうか。

「まぁ、なんにしても合流するまでは手伝うよ。八つの目で見たほうが見つかりやすいかもしれないしさ！」

「いえ、それは悪いですよ」

手を振り遠慮する夏奈を、莉音は押し切った。

「私も高校三年。この時期のこういうイベントが大事なのは理解してるもん！　手伝わせてよ。是非」

☽

「じゃあ、まずはメインステージに向かってみようか。遭遇の可能性高そうだし」

莉音の提案に飛鳥は強くうなずき、ずいずいと人混みをかき分け歩き始める。俺と莉音と夏奈が、それに続く形になる。

「彼女パワフルだねぇ」

「飛鳥ちゃんは、夏までバスケ部のエースでしたから」

飛鳥と逆に、夏奈の口調はおだやかでゆっくりとしていた。

「君もバスケ部？」

「私は生徒会に入っていたので、部活はやってませんでした」

夏奈は飛鳥の背中を眺め続けている。

「アレンくんは男子バスケ部のエースで、倫太郎くんは生徒会長をやってました」

莉音が言うところの〝ステータス〟の話をするならば、彼らは校内でも目立つ立場の四人組のようだ。

「私たち四人が今の関係になったのは、去年のこのイベントからなんです」

「四人がって、同時にカップルが成立したの？」

夏奈が小さくうなずく。

「もともと四人仲が良かったんですけど、なんというか、四人でいるのが楽しいからこそ、なかなか関係が発展しなかった部分もありまして。でも、そんな去年に、ネイキッドさんのライブを聴いたんですよ」

ネイキッド、イベントの目玉アーティストだ。去年もこのイベントに参加していたらしい。

「その曲が素敵で、ライブのあとにその歌詞をみんなで眺めてるうちに、自分の気持ちに素直にならなきゃって、それぞれが少しずつ思って……」

俺はネイキッドが何人組なのかも知らない。しかし、現に心を動かされた人を前にすると、彼らの曲を聴いてみたいと素直に思った。

「だから、今年も四人で聴けたらいいねって話してて。アレンくんなんかは受験が終わってない中で、お互いに時間を作ったんです」

夏奈に至っては厳しい両親に内緒で家を抜け出してここにいるのだ。俺の中で彼らを合流させてあげたい気持ちが大きくなる。

「でも私は、今までどこにいくにも四人組だったので、今日くらいは、二人と二人、別々で楽しんでもよかったんじゃないかと、思ってるんですけどね」

夏奈が飛鳥に聞こえないよう気をつけながら苦笑いする。

「あれ、飛鳥先輩じゃないですかぁー！」

「マジだ。ぐーぜーん」

飛鳥がその声を受けて立ち止まる。彼女の目線の先には《籠球部《ろうきゅう》》と刺繍されたジャージ姿の女の子二人組がいた。ゲームセンターのクレーンゲームを眺めていた二人組は小走りでこちらにやってくる。

「久しぶり。あんたらも来てたんだ」

合流できない焦りをにじませていた表情を無理やりゆるませて、飛鳥は二人に応える。気さくで、とげがない、バスケ部の頼れるエースとしての顔だ。心の中は穏《おだ》やかではないはずなのに、見事な笑顔を作ってみせている。

「あれれ、今日はアレン先輩とデートするんじゃないんですか？　このおじさん誰ですぅ？」

「おじさんだなんて失礼だよ。すいませーん」

勝手に盛り上がる後輩二人に、飛鳥は冷静に説明を始める。

「夏奈と一緒に、アレンと倫太郎と合流しようとしてるの。でもスマホをなくして連絡がとれなくて」

飛鳥の話を聞いて、二人組は俺の後ろにいる夏奈に気がつく。

「あぁ、夏奈副会長ぉーこんにちはー」

「いや、今は元副会長ですよね。すいませーん」

二人の笑いが収まるのを待ってから飛鳥が問いかける。

「あなたたちはアレンと倫太郎見なかった？」

「見ましたよぉ」

見ていたなら、合流できずに困っていると話した時点でそちらから教えてほしかった情報だ。さすがの飛鳥も、一瞬笑顔がひきつった。

「スマホ見ながら、ソライロ公園のほうに歩いていきました。倫太郎先輩が焦ってるのを、アレン先輩がなだめてたんですけど、そういう事情だったんですねー」

「情報ありがと。もっと話したいけど、ごめんね、二人を追いかけるよ」

「はーい！　見つかるといいですねぇ」

　俺たちは彼女たちが指を差したほうへと方向転換する。後ろからは俺たちを見送る二人組の大きな声が聞こえていた。

「会えるといいねぇ」

「うちの高校のスーパーダブルカップルでも、待ち合わせ失敗するんだね。親近感」

　今までの話を総合すると、男女バスケ部のエースと生徒会長副会長のカップルということになる。確かにスーパーダブルカップルかもしれない。

「夏奈ちゃんたちは、すごいツーペアだね」

　俺が一番後ろを歩いていた夏奈を振り返ると、彼女は鞄から慌てて手を引き抜いた。

「は、はい」

　謙遜しない。もしかしたら、鞄の中をあさるのに夢中で、俺の質問はよく聞こえていなかったのかもしれない。

　数十メートルほど歩くと、交差点の角のコンビニへと出る。昼に通った時に、タープテントでホットスナックを売っていた店だ。ショートカットのためにその駐車場を斜めに横切る最中、突然莉音が足を止めた。彼女の背中に俺がぶつかり、さらに俺の背中に夏奈がぶつかった。

「おい、なんだよ突然」

俺が莉音を叱責する声に気がつき、先頭の飛鳥が足を止める。

「せっかく二人の場所を聞けたし、早くいきたいんだけど」

飛鳥にせかされても、莉音は歩行を再開しない。

「ダメだ。私、やっぱ協力できないわ。合流、手伝わない」

飛鳥は一瞬莉音の言葉の意味を理解できずに黙り込んでから、いらだちのすべてを
「は?」と一文字に込めた。

「おい、莉音なに言ってんだよ」

俺は声を潜めて彼女に声をかける。

「このあとで、俺たちは……」

「飛鳥ちゃんに沙夜さんのことを聞くんだから、彼女の機嫌を損《そこ》ねるなって?」

莉音に先回りして言い返されて、それが勝手な都合であることに気がつく。

「いや、それは別に考えなくていい。でも、四人を合流させてやりたいとは思わないのか?」

「思わない。今は」

莉音は、飛鳥にも聞こえるほどはっきりした声で答えた。

「じゃあ、別にいいです。行こ、夏奈」

飛鳥は俺たちには一瞥もくれずにまた歩き出す。しかし、声をかけられた夏奈は、駐車

場の白いラインの上に見えない壁でもできているかのように、その場から動かなかった。

「飛鳥ちゃん、その、もう今日はいいんじゃない？　しょうがないよ。トラブル続きだったんだし」

「でも、ここら辺の子、たくさんネイキッドのステージに来るんだよ？　誰かに見られたら――」

飛鳥は俺の存在を思い出し、とっさに言葉を飲み込む。

「今日は合流するなって、神様が言ってるのかも……」

「この街を出てく私はまだいいけど、夏奈は地元に残るんじゃん！」

飛鳥をなだめていた夏奈の表情がゆがむ。まるで足についていた鉄球の存在を思い出したかのような、痛みと悔しさをともなう顔だった。

「私たち、ずっとそうしていくのかな？」

「分かんない、それは分かんないけど……！」

「去年、ここで自分の気持ちに素直になろって、みんなで思ったんじゃん。それって、こんな風にこそこそするってことだったの？」

夏奈の頬を涙が伝った。飛鳥はなにかを言い返そうと口を開いたが、結局何も言わずに歯を食いしばった。

彼女たちの会話が理解できない。それは、俺が大事なことに気がついていないからだ。

なにかを見落としている。

莉音が一歩踏み出し、夏奈の肩に手を置いた。

「ごめんね。ですぎた真似《まね》なのは分かってるけど、どうしても、納得できなくて。ただ、合流するだけじゃ、きっと意味がないと思ったから」

夏奈が「莉音さんにはバレちゃったんですね……。すごいなぁ……」と力なく笑う。

「二分の一じゃ、なかったんだね」

莉音の言葉にうなずいた夏奈は、鞄の中に手をいれた。そして、アウトドア用のケースに入ったスマホを取り出した。飛鳥のものだ。

目の前で信号が点滅し始めたので足を止める。頭に響いたのは、先ほど沙夜から聞いた言葉だった。

――まだ周りに迷惑をかけない人間になるので精一杯で……。

喉《のど》の奥に刺さった小骨のようにずっと心に引っかかっていた。そのせいかリハビリもどこか上の空で、新しいメニューに関する注意点も、今ほとんど思い出せない。

悔しいようなもどかしいような、そんな判然としない感情が、信号が青になっても俺の体をその場に繋ぎ止めていた。

「こういう時は、まず行動だ……」

俺は踵を返して、根木病院へ戻った。

彼女の病室まで戻ってきた時、時計の針は六時をさしていた。

面会時間がちょうど終わる時間だ。俺は本来、この建物にいてはいけない人間ということになる。

ノックし入室すると、沙夜は目を丸くして驚いた。

「拓斗さん？」

「突然ごめん、メールはしたんだけど、今大丈夫？」

沙夜は腕時計を確認してから小さくうなずいた。

「なにか忘れ物ですか？」

「日を改めてもよかったんだけど、てか、本当はそうすべきだったんだろうけど、なんとなく勢いで」

ぽりぽりと頭を掻いてから俺は天井を指差す。

「あのさ！　屋上、いってみない？」

「屋上、ですか？」

「そ、今、この建物を外から見てみたんだけど、屋上に出るためのでっぱりがあったんだ。建物の南側だから、この病棟の向こう側に」

「そのために、わざわざ戻ってきたんですか？」

「思い立ったが吉日というかなんというか」

沙夜は羽織《はお》ったカーディガンの襟を直しながら、看護師の気配がした廊下をうかがう。そのあとで「でも……」と俺の顔を眺め笑った。

「たしかに、退院したらいけなくなってしまいますもんね」

「そうこなくっちゃ。でも、見つかったら大変だしこれスニーキングミッションな」

「スニーキング？」

スパイ映画で聞いたかっこつけた用語を使ってみたが、沙夜には伝わらなかった。彼女は俺が履いているスニーカーを見て首をかしげる。

「えっと、つまり〝こっそりミッション〟ってこと」

沙夜がくすりと声を抑えて笑う。

「言い方が、なんか可愛らしい」

俺が照れている間に、彼女は下半身にかかっていた布団を取りスリッパに足を入れた。

「この時間でも看護師さんはよくエレベータを使っていますし、そっちは危険ですよ」

「なら、階段で、って思ったけど、スリッパだと危ないよな……」

「これだと抜き足差し足とは、いきませんね」

沙夜は不安そうに足元を眺め、かかととスリッパの隙間をパタパタさせた。万が一にも階段から落ちてケガをさせるわけにはいかない。サイズの合わない俺のスニーカーを貸すのはむしろ危険が増すだろう。

悩んでいると、キャビネットの上に置かれたリボンが目に入った。ハーバリウムに巻き付けるのに、沙夜が使っていたものだ。

「これ、使ってもいい？」

「ええ、いいですけど……」

ベッドの横に膝をつき、スリッパを履いた彼女の足を俺の膝に乗せた。

申し訳なさそうにする沙夜に「任せて」と声をかけ、リボンを彼女の足に巻き付けていく。

スリッパの底と足の甲が固定されるようにリボンを回す。そうしたあとで今度はかかとのほうへと角度を変えて何周かさせる。そして最後に、足首で蝶々《ちょうちょう》結びを作った。

もう片方の足にも同じようにリボンを巻き付け、滑り止めに太めの輪ゴムをはめる。

「ちょっと不格好かもだけど……」

頭の中ではお気に入りのランニングシューズに入っているラインをイメージしていたが、実際は似ても似つかない不思議な靴ができあがってしまった。それでも沙夜はベッドから立ち上がり、何度か足踏みをしてみせた。見た目は別として、スリッパをフィットさせるという目的は達成できていたようだ。

「ありがとうございます。なんだかとても可愛らしくなってしまいましたね」

照れくさそうに、沙夜は包装されたプレゼントのような足を眺める。

「足首のテーピングの仕方を覚えておいたのがこんな形で役に立つとは思わなかったよ」

「これなら、いっぱい登っていけそうです！」


一段一段ゆっくりと登っていく。音を立てないように歩くのが体に負担をかけているのか、五階にさしかかったところで、沙夜が手すりにもたれ立ち止まった。

「大丈夫？」

「なんですか、すいません、もう一度言ってください」

沙夜が目の前に耳を差し出す。彼女の髪が鼻に触れる。

「疲れてない？」

「これくらいは平気です。先ほどから後ろを歩いてくれているので、安心です。ありがとうございます」

めまいに襲われることがあると聞いていたので、万が一に備えての位置取りだった。

一度その場で座りこみ休憩をとってから、また歩き出す。

手術以降体力が落ちていた自分にとってもハードな道のりではあった。しかし、七階をすぎて最後の階段にさしかかった時、最上階に着いてしまうことを名残惜《なごりお》しく感じた。

「つき、ましたね」

階段の先には屋上へと通じるドアがあり、その両側には段ボール箱がいくつか積まれていた。

「この靴、すごく歩きやすかったです。ありがとうございました」

沙夜が荒くなった息を落ち着かせる。

「でも、やっぱり、鍵、かかってますよね。当たり前ですけど」

屋上へ通じるドアには南京錠《なんきんじょう》がかけられている。俺もそれくらいの想像はしていた。

「でも、こっちは中から普通に開けられるかも」

俺はドア横の壁を指差す。そこには五十センチ四方の窓がある。

「こっちから出ちゃえばいいよ」

俺は窓を開けるための取っ手を探す。しかし、目線を一周させても、取っ手もスイッチも見当たらなかった。

「あれ、まさか、これ、はめ込み式……?」

沙夜が窓と壁の境を手でなでて「そうみたいですね」と苦笑いする。

「マジかよ。せっかくここまで登頂したのに!」

登頂という大げさな言葉選びがツボにはまったのか、沙夜は声を抑えて笑い始めた。それにつられて、俺も笑ってしまう。

「いやーでも、つれてってあげたかったな……くそう」

積まれた段ボール箱を背にして、窓から外を眺める。窓枠で切り取られた夜空は、まるで切手のようで、壮大とはとても言えなかった。

「今日はここで充分ですよ」

「ごめん」

「謝ることないです。ここまで来るだけで楽しかったです。でも、なぜ私を屋上に？」

計画は失敗に終わっている。なにを言っても恥の上塗りになりそうに思ったが、俺は正直に答える。

「屋上にいくのが夢だって、言ってたから」

「確かに言いましたけど、それはまたいつか、別の時でもよかったわけで」

俺は首を横に振る。

「今日、叶えてみたかったんだ」

叶えてあげたかった、ではない。俺がそうしたかったのだ。

隣の沙夜が夜空から俺の横顔に視線を移すのが分かった。

「沙夜は、ハーバリウムを造花で作るだろ？」

見た目が安っぽい造花を使う理由を、彼女は長持ちするからだ。と語った。

「あれって、沙夜の優しさなんじゃないかと思ったんだよ」

沙夜は「優しさ……？」と繰り返してから首を横に振る。

「違いますよ。あれは、ただ、この世界に爪痕《つめあと》を残したいっていうだけで……」

膝の上で、沙夜がきゅっと拳を握った。

「私がいなくなってからも、少しでも長く、誰かの生活を彩ることができればって、ただ、それだけで……」

私がいなくなってからも。それが、物理的な距離を意味したものではないことを俺は知っている。文字通り、この世界からいなくなっても、という意味なのだろう。

——私が飲み終えた薬の瓶が、誰かの世界をちょっとだけ彩ることが、私の誇りなんです。

その彩りが長い間続くようにと、彼女は造花を瓶の中に閉じ込めているのだ。自分の存在や願いと一緒に。

「俺はこのケガをしてから、自分のことばかりに精一杯だった。妹も、親も、みんなしんどかっただろうに、気遣う余裕なんかなかったんだ」

校内で負傷し、痛みにうめいていたあの時、自分を運ぼうとしてくれた先生すらうっとうしく感じてしまったのを思い出す。

「でも、沙夜に会って、話すようになって、なんか、楽しくて、元気になった。それは、沙夜が暖かかったからだ。そして、沙夜はその誰かを思いやれる暖かさを、できるだけ長くこの世界に残そうとしてる。それは優しさだよ」

俺ならば、他人のことを顧みることなどできないかもしれない。自分がいなくなったあとの世界など、どうでもいいと投げ出してしまうかもしれない。

「未来を思いやれる人なんだよ。沙夜は」

沙夜は小さく息を吸って「未来……」とこぼす。

「そんな沙夜には、病院の屋上に出てみたいなんて夢、さっさと叶えてほしかったんだ。叶えて、次の夢を考えてほしかった。自分の未来を考えてほしかった」

それだけの価値が沙夜にはあるはずだ。口論してしまうほどに彼女のことを思っている両親だって、同じ気持ちだろう。

「沙夜ならなんだってできるし、やりたいことをやっていいはずなんだ。病気をかかえてることも、周りに支えられていることも、沙夜が未来を諦めなくちゃいけない理由にはならない」

喉の奥に刺さっていた小骨がいつの間にかとれていた。これを、俺は彼女に伝えたかったのだ。

聞こえてきたのは、小さな鼻をすする音だった。

その日、俺は初めて彼女の涙を見た。

「ごめん、勝手なことばっかり……」

沙夜は涙をぬぐいながら、首を横に振った。

「いいえ、違うんです。今、目から落ちてるのは、多分、うろこかなにかです……」

沙夜は手を胸元に持っていき、自分の心臓を握りしめるかのように拳を作った。

「私が今かかえている病気は、確かに死をすごく近くに持ってくるものです」

〝死〟という単語を初めて彼女から聞いた。それは、今までほかの人間から聞いた同じ言葉よりも生々しく響いた。

「そんな私にとって、未来っていうのは、ほぼ〝明日〟という言葉と同義でした」

彼女は、リボンで固定されたスリッパに触れる。まるでガラスの靴でも履いているかのような優しいしぐさだった。

「でも、そうか、今をちゃんと踏み出すために、未来も夢もあるんですね」

髪の間から見える彼女の瞳に、星の光が反射している。そこにはきっと宇宙がある。

「花屋とか、似合いそう」

思い付きで口にした言葉が、二人の間の静かな空気をゆるませた。

「花粉症なんですよ。私」

「じゃあ、ハーバリウム職人」

「そんな職業、あるのでしょうか」

段ボール箱に囲まれ体育座りをしながら、四角く切り取られた夜空を見上げる。

「ありがとうございます」

「なにが？」

「私の幸せを願ってくれて」

思考を飛び越えて、言葉が漏れた。

「君のことが、好きだから」

数秒を使って言葉を理解した彼女が顔を伏せる。長い黒髪の間で耳が真っ赤に染まる。

「ありがとう……。すごく、嬉しい……です」

俺たちは何を話すでもなく、ぼんやりと夜空を眺めたあとで、こっそり病室に戻った。

ベッドに腰掛けた沙夜の足のリボンをハサミで切ろうとしたが、彼女はそれを慌てて止めた。

「私を支えて踏み出す勇気をくれた、魔法の靴なので」

彼女は長い時間をかけて丁寧にリボンをほどいてから、優しく胸に抱きしめた。

夏奈は謝りながら、スマホを飛鳥に手渡した。

「ごめんなさい。私が飛鳥のポケットから抜き取ったの」

飛鳥は受け取ったスマホが自分のものであると確認すると、手を震えさせながら夏奈に尋ねた。

「なんで、こんなこと……」

「二人っきりでね、過ごしたかったの……」

飛鳥の強気な表情が、みるみる弱々しくなる。

「おい、莉音、どういうことなんだよ……」

一人だけ状況に追いつけていない俺は、莉音の横に移動し説明を求める。彼女は小さくため息をついてから口を開いた。

「タク兄はおかしいと思わなかった？」

「なにをだよ？」

「飛鳥ちゃんが落としたスマホの電源が切れてたことが」

「別に何も思わなかったよ。だって、俺は恭子さんから連絡がつかなくて心配だからって理由で彼女を捜しに来たんだから」

呼出音が鳴らない。恭子さんが店の電話機を耳にあててそう言っていたのだ。

「でも、そういう説明を受けたあとで実際に飛鳥ちゃんに会った時、彼女はこう説明したんだよ。〝ポケットから落とした〟って」

数秒彼女の言葉を咀嚼して、莉音がその場で気がついていた不自然さに思い当たる。

「そうか、普通は落としても、電源が入ったままだろう……ってことか？」

莉音はうなずいて飛鳥に目線を向けて確認する。

「確かに、私は電源をいれてた」

飛鳥が夏奈に渡されたスマホの画面を触るが反応はない。今は電源が落ちているのだ。

「落下した拍子《ひょうし》に壊れて電源が切れたのかなって思った。でも、飛鳥ちゃんは、よくスマホを落とすからって、対策にアウトドア用の頑丈なスマホケースを使ってた。だから、その可能性はむしろ低いのかもって思ったの」

「だからって、なんで夏奈ちゃんが飛鳥ちゃんのスマホを持ってたって分かったんだよ」

「だって、ほかに電源を切る理由が見当たらないもの。地面に転がったままなら誰も触らないし、もし他人が拾ったとしても電源は普通切らないでしょ？」

確かに俺が知らない人のスマホを拾っても、電源をわざわざ切ったりはしない。もしかしたら持ち主から電話がかかってくるかもしれないからだ。

「電源を切る必要がある人って言ったら、盗んで転売するのに位置情報を探知されたくない悪人か、着信音やバイブが鳴ってしまっては困る人」

「着信音が鳴って困る人……」

答えを知っているからこそ莉音の話を理解できる。莉音はそんな人間は、持ち主と行動を共にする人間だけだと言いたいのだ。

「最初はなんで恋人との合流を遠ざけるようなことをしてるんだろうって不思議に感じてた。夏奈ちゃんの意図が分からなかった。でも、彼女が飛鳥ちゃんの目を盗んで鞄にこそこそ手を突っ込んでるのを見て気がついたの。この子は合流を望んでいないんじゃないかって」

その不自然な動作は俺の目にも入っていた。ハンカチかなにかを探しているのかと思ったが、俺に見つかった際に慌てて鞄から手を引き抜いていた。

「もしかしたら、向こうの二人のどちらかと、グルなんじゃない？」

夏奈は唇を噛《か》みしめながら、今度は鞄から自分のスマホを取り出した。親に没収されているというのも嘘だったのだ。

「ごめん。倫太郎くんは何も知らない。でも、アレンくんはこのことを知ってるの。こっそり連絡取り合って、ネイキッドのライブが始まるまで、合流しないようにしてた」

「アレンが……？」

飛鳥は不安そうに夏奈に詰め寄る。

「意味が分かんない！　一体、なにが目的で……！」

「高校生活、最後だから」

夏奈ははっきりと飛鳥の目を見つめた。

「卒業する前に、思い出のライブを、二人きりで過ごしたかったの。飛鳥と二人きりで」

「夏奈ちゃんが誰かと喧嘩でもしてて顔を合わせたくないのかって最初は思ったけど、確認してみたら違うみたいだし。だとしたら……って思ったんだ」

あの時〝愛のパワー〟だなんて言ったのはその可能性を消すためだったのだ。その結果、莉音は別の仮説にたどり着いた。

俺は勘違いしていたのだ。

――もしかしてだけど飛鳥ちゃんの彼氏がアレンくんで、夏奈ちゃんが倫太郎くん？

――お前よく分かったな。

――いや、二分の一だし。

莉音が二分の一という言葉を口にしたのはあの時だ。

――二分の一じゃ、なかったんだね。

そう、そこにはまだ別の可能性が含まれている。

飛鳥と夏奈が恋人同士であるという可能性だ。それは同時に、アレンと倫太郎もまた同じであることを意味している。

「そうか、君たちはすでに恋人同士で合流してたのか」

俺が口にした言葉を、周りで誰かが聞いていないか、三人が警戒した。

「タク兄声でかい」

「あぁ、ごめん。なるほどって思ったからつい」

しばらく考えてから、俺は次の言葉を口にする。

「で、じゃあ、何が問題なんだ？」

ほかの三人がきょとんとして目を丸くする。

「あ、そのうえで仲良し四人組だから一緒にライブを観たいのか？　ん？　そうなるとなんで夏奈ちゃんはあえて合流しないようにしてたんだ……？」

大きなため息を莉音がつく。

「だから、そう簡単な話じゃないってことでしょ？」

「そうなのか？　これって、ただ恋人が恋人と水入らずで一緒に過ごそうってだけの話だろ？」

莉音は「いろいろあるんでしょ。想像しなよ。それくらい」と頭を抱える。

——人間って人にレッテル貼ったり、一部のステータスをみて人柄まで決めたりしちゃうからね。明確な悪気がなくたって、偏見や先入観はそこら中にあって、それで実害が出ることだってあるわけで……。

そう語ったのは莉音だ。

——うちの高校のスーパーダブルカップルでも、待ち合わせ失敗するんだね。

彼ら四人は、校内で目立つ存在だった。それは学校の外でも同じだっただろう。悪意のない人間であっても、その事実が見つかれば瞬《また》く間《ま》に彼らの関係に関する噂は広がる。つまり、彼らはカモフラージュしていたのだ。ずっと。

俺がアレンと倫太郎を友達と呼んだ時、飛鳥と夏奈は同時に「恋人だ」と訂正した。今思うと、過剰な反応だ。彼女たちにとって、そういう嘘をつくことは身に沁《し》みついていたことなのだろう。

「分かったうえで、言ったんだ」

俺は莉音にだけ聞こえる小さな声で呟いた。

飛鳥たちは自分たちの関係性を隠そうとして、それでも夏奈は二人きりで自分のパートナーと過ごしたくて一連の行動に出ていたことは俺も理解できた。そのうえで俺は「何が問題なんだ？」と口にしたのだ。

ある意味で嘘をついた。何も問題がないように見えている人間を装った。そうすべきだと思ったからだ。

莉音は俺の様子を見て、そのことに気が付いたようだった。

「それでも私は、彼女たちの感情に寄り添う」

彼女も俺にだけ聞こえる声を返してから、飛鳥と夏奈に向き直る。

「カップル二組で仲がいいことって普通にあるし、あなたたちもそうなんだろうけど、もし、心のどこかに二人きりで……、って気持ちがあるなら、それを隠すのってさ。なんかさ、こう、悔しい感じするじゃない」

飛鳥がその言葉に反応する。

「悔しい……？」

「だって、こそこそ周りの目を気にしてデートしないといけない理由なんてなくない？」

莉音は今度は腕を組んでうなる。まるで、なぞなぞの答えに納得がいっていない少女のようだった。

「あなたたちとは全然違う話だけど、私もやれ偏差値だなんだって、付き合ってる相手をいろいろ言われたことがあってさー、その時は、別にあんたらのために相手選んでんじゃねーよ。って思ったもん」

彼女は首を振り「いや、これは余計な話だ。忘れて」と一歩下がる。代わりに口を開いたのは夏奈だった。

「アレンくんとこの前、そんな話になったの。今度のライブは二人ずつで過ごしたいねって。でも、多分普通にお願いしても、きっと、断られるって思ったから……」

そこで、夏奈は自作自演を思いついた。偶然とトラブルを装い、二人きりで過ごすしかない状況を作ろうとしていたのだ。それは成功していた。彼女が莉音に会うまでは。

「部外者がすごく余計なことしてるのは分かってる……」

夏奈は小さく首を横に振った。

「そう言わないでください。莉音さん。私にもずっと罪悪感があったんです。焦る飛鳥ちゃんを見てたら、きっとこれは私が望んだ形じゃないなって、薄々思ってて。どのみち、白状していたと思います。むしろ、背中を押していただいてありがとうございました」

莉音と俺にペコリとお辞儀をしてから、夏奈は飛鳥に向き直る。

「ごめんね。飛鳥ちゃん。私、ひどいことした……」

飛鳥はぶんぶんと首を横に振った。

「ううん。そんなことない。むしろ、あなたの気持ちに気がつけなくて、私こそごめんなさい……」

飛鳥は夏奈の両肩に手をあててなでたあとで手を離した。ここがコンビニの駐車場でさえなければ、彼女は夏奈の体を抱き寄せたかったのかもしれない。

莉音が顎《あご》に手をあててなにかを考えたあとで、手を叩く。

「あのさ、どうにかしてみようよ。ちゃんとアレンくんと倫太郎くんとも合流して、それでも、ちゃんとネイキッドのライブが観られるような場所を探すの。それなら、私本気で手伝うから!」

俺たちはフェス会場の中で一番大きな特設ステージが建てられた公園へと向かった。日が落ちて暗くなった公園を照明が明るく照らしている。

パイプが複雑に組まれて作られたステージ上では、アコースティックギターの弾き語りが行われている。そこにいるのはネイキッドではないようだが、それでも公園にいるたくさんのお客さんの視線は、前方へと向けられていた。

「飛鳥！　夏奈！」

公園の後方で立っている俺たちに、二人の青年が声をかけてきた。背が高く、白人風の顔立ちをしているのがアレンで、メガネをかけているのが倫太郎のようだ。

「ごめんね。アレンくん……。バレちゃった」

「夏奈が気にすることじゃねぇよ」

倫太郎が取り出したシートでメガネを拭きながら口を挟む。

「ぶっちゃけ気がついてたよ。僕は」

「え、なにそれ、じゃあ、知らずに振り回されてたの私だけ!?」

四人が同時に笑い出す。その軽快なやりとりを見て、彼らが四人で一緒にいたことは決してカモフラージュのためだけではなかったのだと確信する。今日たまたま二人ずつを望んだだけで、きっと四人で過ごしてきた今までの時間も、彼らの宝物だったはずだ。

「で、こいつが俺らの企《たくら》みを見破ったって人らか」

腕を組み感心しているアレンに、飛鳥が「いや妹さんのほうだけだよ」と補足する。事実だが、恥ずかしい。

「そうです。でも、その責任をとる、と言ってはなんなんですけど、ひとつ案を考えたんです。決して褒められたものじゃないけど……」

莉音は合流前に公園の周りを一周し見つけた雑居ビルを指差す。

「あそこに侵入しましょう」

ビルの裏側にある非常階段の入り口には《立ち入り禁止》の立て札が立てられていた。

俺たちはその立て札をよけて、階段を登っていく。

不安を口にしたのは倫太郎だった。

「これは、完全に不法侵入だろう……」

「許可ならとったわよ」

そう。莉音の言う通り、俺が電話して、このビルの管理者に許可はとったのだ。

――どうも、ミュージックフェスタの治安の管理をしている者です。毎年、特設ステージの周りのビルに忍び込む人間が出るので、そのパトロールをする許可をいただきたいんです。

「訴えられるとしたら、不法侵入じゃなくて、詐欺罪《さぎ》だよな……」

「いや、嘘はついてないって。主催側の人間だって言ったわけじゃないんだし」

この場にいる大人は自分一人だ。本来なら彼らを止めるべきなのだろう。バレてしまった時の責任も俺がとらなくてはいけない。

それでも、俺は階段を登る彼らに声をかけることはしなかった。

「まぁ、だって、屋上にいけないなんて、ロマンが足りないもんなぁ……」

空調設備とパイプが並んだ屋上へと出る。道路を挟んで距離はあるが、ステージの音ははっきりと聞こえた。

「うん。やっぱここなら、誰にも見つからずにライブ観れそうじゃん！」

莉音が満足げにうなずいていると、ステージでの演奏が終わり、会場が拍手に包まれた。

『さて！　みなさんお待たせしました！　次はついに、ここ静岡出身のあの！　人気バンドのスペシャルステージです！』

ネイキッドファンも駆けつけているのか、歓声が屋上まで飛んできた。

飛鳥たち四人が顔を見合わせる。その視線の交差はさまざまな方向からぶつかり合い、そのたびに愛情と友情を目に宿した。

恋愛は、決して二人だけで行われるものではない。恋に落ちた途端に、二人しか生物のいない世界へワープできるわけではないのだ。周りの友人、家族、状況、社会、それらと折り合いをつけながらでないと、前には進めない。だからやっかいなのだ。

周りに遮るものもなく強い風が通り抜ける。その中に混ざっていた砂が一粒俺の目に入った。まるで、神様から「空気読めよ。お邪魔虫」と言われているかのようだった。

「じゃあ、私らは下でほかの人がここに来ないよう見張ってるから。ゆっくり楽しんで」

「あのさ……！　ありがとう……」

飛鳥に続いて、ほかの三人もそれぞれお礼を口にした。そのあと夏奈だけが俺をさらに呼び止める。

「あと、お兄さん」

俺は首を傾けて続きを促《うなが》す。

「私たちの関係を知った時、あなたが言った〝なんの問題が？〟って言葉、なんだか、すごく、驚きました……」

「驚くことじゃないよ」

別に特別なことをしたつもりはない。それでも、彼らは過去に心ない言葉を受けたことがあるのだろう。だから、俺の言葉に驚いたのだ。

「世界は完璧《かんぺき》じゃない。でも広いよ」

それを俺自身も、飛鳥たち四人と出会って学んだ気がする。

「おかげで沙夜を捜すのも一苦労だ」

そのぼやきを隣で聞き取った莉音が小さく笑った。

「じゃあ、部外者は消えるので、楽しんで」

階段を下りて、立ち入り禁止の立て札の前で莉音としゃがみ込む。ビルを背にしているので、ステージはまったく観られない。路地の裏側に、冬を思い出したかのような冷気が流れ込む。そんな温度感にぴったりな前奏が薄く聞こえてきた。

「タク兄、あんなかっこつけた捨て台詞残してよかったわけ？　飛鳥ちゃんにはまた明日会うんだからね？　沙夜さんの話を聞くために」

「あ……そうか……」

そうだ。忘れていたが、俺のそもそもの目的はそれだったのだ。

「それにまだ二十代のくせにあんな説教するのも結構きついと思う」

「うるせぇ。それでもお前らよりは年上だ」

思わず言い返してしまうが、莉音の言う通りだ。俺はむしろ彼女に、そして、彼らに教わったのだ。

「でも、俺には想像もできない苦労もあるんだろうな。あの四人には」

莉音は「だろうね」と小さくうなずく。

「それでも、飛鳥ちゃんも夏奈ちゃんも、それぞれ自分の大切な人との関係を守るために必死だったんだよな」

その結果行き違いは起きてしまったが、二人が目指すものは同じだったはずだ。

「えらそうなことを言える立場じゃなかったな。むしろ、なんか勇気をもらった気がするよ」

——迷いはある。

この旅に迷いをかかえたままだった自分はもういない。俺は後悔の残るような再会の旅をしてはいけないのだ。

——ただ、合流するだけじゃ、きっと意味がないと思ったから。

これは莉音が飛鳥たちに言った言葉だが、同時に俺の胸にも刺さった。

ちゃんと向き合って、沙夜のことを考えて、そのうえで、再会をしなくてはいけない。

それが前に進む、ということなのだ。

聞こえてくる歌に耳をすませる。これが去年飛鳥たちの恋を進展させた曲と同じかは分からない。その歌声は想像していたよりもしゃがれていたが、心地のいいメロディだった。

☽

「私、この店を閉めることになるかもしれないの」

「え、恭子さん本気かい。寂しくなるねぇ……」

「だって、人生を変えるチャンスが舞い降りたの」

「チャンス？」

「そう！　私、歌手デビューしないかって言われたの！　最初は登録料とデビュー料金がかかるらしいんだけど、CDの印税でそれは取り戻せるんですって！」

カウンターを挟んで交わされる恭子さんと常連客の会話を聞きながら、俺は莉音に確認する。

「あれ、止めなくていいのか？」

「冗談に決まってるでしょ」

莉音はモーニングセットのオムレツを口に運ぶ。

「やっぱこれおいしい。やばいよ、ほら」

顔をほころばせながら、莉音は一口分のオムレツがのったスプーンを俺の顔の前に差し出す。俺が口を開いて頬張ろうとすると、彼女はさっとスプーンを下げた。

「いや、スプーン持てし」

「すまん」

俺たちはフェスのあとで近くのビジネスホテルで一泊し、喫茶オトサカへと戻ってきた。朝食を食べながら、今は飛鳥が来るのを待っている。

ライブが終わり、ビルから降りてきた飛鳥に俺たちは用件を伝え、今日改めて時間をとってもらったのだ。

待ち合わせの三十分前になったところで、飛鳥が店へと入ってきた。セーラー服姿で当たり前のようにカウンターの裏側へと入り、自らコーヒーを作り始める。その途中で奥の席に座る俺たちに気がついた。

「待ち合わせ十時じゃなかったっけ？」

莉音が小さく手を振る。

「朝食がてら早めにね。このオムレツ絶品」

「そう。それはよかった」

飛鳥は今日もつっけんどんなしゃべり方だが、昨日とちがい敵意はない。

彼女はコーヒーを持ってテーブルへやってくると、手慣れた様子で俺たちが食事に使った皿を片づけてくれた。店の手伝いが身についているのだろう。

「昨日どうだった？」

「あのあと屋上の両隅に分かれて、それぞれ二人で曲を聴きました」

恭子さんがこちらを見ていないことを確認してから、彼女は続ける。

飛鳥は自分のコーヒーカップをなでながら「ステキな時間でした。あなたたちには感謝、しないと」とつぶやいた。

「あ、違う。莉音ちゃんには、か」

俺をからかいながら飛鳥が小さく笑う。お茶目な笑顔だ。

その後、彼女はコーヒーを半分ほど飲んでから背筋を伸ばした。

「それで、沙夜お姉ちゃんのことを捜してるそうですね」

「そうか、飛鳥ちゃんからすると、お姉ちゃん、になるんだね」

沙夜がこの喫茶店に通っていたのは六年から七年前の時期だ。飛鳥は小学生と中学生をまたぐ年に、沙夜と会っていたことになる。

お姉ちゃん、と呼ばれた沙夜は、むずがゆそうに笑っただろう。

改めて、自分たちが沙夜を捜していること、ブログに写っていた薬瓶のハーバリウムを見つけてここに来たことを説明する。

「ハーバリウム、これ、ですね。日当たりのいいところに置いておくのはよくないとお客さんに教えてもらって、最近は自分の部屋に移していたんです」

飛鳥は鞄から、ブログに載っていたものと同じハーバリウムを取り出す。中には白い花が入っている。花弁は楕円《だえん》に近い形で反り返っている。作られた年月の差か造花の染料の問題か分からないが、飛鳥のハーバリウムのオイルは、先日俺が片づけたビンよりも透明度を保《たも》っていた。

「初めて会った時、私は小学六年生でした。当時から私、きつい性格のせいで友達も少なくて、よくここに入り浸ってたんです。そんなある日、難しい宿題にうなってたら、常連だった沙夜さんが声をかけてくれたんです」

飛鳥がテーブルに手を置き笑顔を作った。表情からは幼さを感じる。

「それから仲良くなって、いろんな話をしました。母からは読書や勉強をしているんだから邪魔するな、と言われていたんですけど、沙夜さんは気分転換になるから、と許してくれて」

同じように、幼いころ沙夜と触れ合っていた莉音が笑ってうなずく。

「気分転換ってことは、沙夜さんは、近くにある音坂総合医療センターに通いながら、ここにも立ち寄っていた感じ？」

「プライベートなことは聞くなとお母さんに釘をさされていたんですけど、出席日数の関係で高校三年生を二度やることになったとか、全然店にこない期間もあったりとかして、入院と通学を交互にしていることは、なんとなく……」

飛鳥が声を小さくして、わずかにうつむく。

「一回一回は短い時間だったけど、私にとってはすごく楽しい時間でした。沙夜さんが年上だからとか、そういう理由だけじゃなくて、沙夜さん自身の柔らかさというか、そういうのが、心地よくて……」

今思うと、お客さんなのに甘えすぎていたかも、と飛鳥は苦笑いする。

「中学に上がった時には、初恋の相談もさせてもらいました……」

尋ねはしないが、その相手は女の子だったのかもしれない。

「当時は自分の感情がよく分からなくて、間違ってるのかもとか思うと、誰にも相談できなくて。でも、沙夜さんにだけは話せたんです。あの人は優しく受け止めてくれました」

沙夜は彼女なりに飛鳥に寄り添ってあげたのだろう。

莉音が「だからかな」と小さくつぶやき、飛鳥の手の中にあるハーバリウムを指差す。

「その中に入っているの、シルクジャスミンだよ。多分」

「なぜそう思うんです？」

「シルクジャスミンの花言葉は〝純粋な心〟なんだよ」

偶然ということはないだろう。沙夜は、ハーバリウムを作る際は下調べを欠かさない性格だ。

飛鳥の目が見開かれ、その中で光が揺れた。

「あぁ、そっか。私の気持ちは間違っていないって、このハーバリウムで言ってくれてたんだ」

そうこぼしたあとで、彼女の声が突然暗くなる。

「でも、ここに通っている間に、沙夜さんは、手術をしたらしくて……」

手術。その単語とそれが連想させるメスや蜂の巣《はちす》のような照明に、俺は背筋が凍《こお》ってしまう。

「ある日、沙夜さんのご両親が、二人だけでうちに来たんです」

飛鳥は入り口近くの席に目をやる。そこへ沙夜の両親は座ったらしい。

「何度か一緒に来たことがあったので、二人が沙夜さんのご両親だとすぐに分かりました。二人は心配そうに、本当に心配そうに、失敗したら次はどうすればいいのか、とか、縁起でもないことを言うな、とか、そういう口論をしていました」

それから、沙夜がこの店を訪れることは、ぱったりなくなったらしい。

「次に沙夜さんに会ったのはそれから半年ほどあとです。彼女はすごく忙しくて、会いにこれなかったんだと説明してくれました」

「手術はどうなったの？」

声がわずかに大きくなってしまう。莉音が手の甲で俺の腕を軽く叩き落ち着かせてから、飛鳥に続きを促した。

「はっきりとしたことは分かりません。でも、あまり、いい結果ではなかったんじゃないかと、私は思いました」

「なぜ？」

飛鳥は、その後、沙夜と両親が三人で店に来た時の会話の一部を、盗み聞いたらしい。

「〝西城《さいじょう》医大付属病院〟へいきたい。沙夜さんがそうご両親に頼み込んでいたんです」

〝西城医大付属病院〟俺でも聞いたことのある、有名な大学病院だ。

「多分、次はそこへいく必要があるんだと思いました。その後、ネットで調べたら、そこが東京にある大きい病院なんだって知って、そこにいく必要があるってことは……」

手術の結果は芳しいものではなかったのではないか。という言葉を飛鳥が飲み込む。

「でも、沙夜さん笑ってました。笑って、この街を離れることになったけど、元気でねって言って、このハーバリウムをくれたんです」

沙夜は〝純粋な心〟の花を込めた瓶を飛鳥に手渡した。

——私がいなくなってからも、少しでも長く、誰かの生活を彩ることができればって、ただ、それだけで……。

俺の記憶が勝手に、彼女の言葉を脳内に響かせた。

「ちなみに、そのハーバリウムの蓋の裏って見たことある？」

「はい。覗きこんでみたことがあります。これをもらった日付が、書いてあるだけでしたけど」

「そっか……」

彼女のその当時の状況を知るヒントがあればと思ったのだが、俺のハーバリウムのように、そこにメッセージなどは残さなかったようだ。

「私が沙夜さんに関してお話しできるのは、これですべてです。もし、なにかほかに思い出したら、またメールしますけど……」

飛鳥は一瞬だけ迷った表情を顔に浮かべたが、それをすぐに消して俺に向き直った。

「もしよかったら、二人の旅の結果を教えてください。それが、どんなものであっても」

赤信号が青へと変わる。ブレーキから足を離すとのろのろと車は進みはじめ、アクセルを踏み込んでからようやく加速を始めた。自動車のその挙動は、莉音と少年に背中を押され、飛鳥たちと出会うことでようやく再会への意識が定まった俺自身の歩みに似ていた。

莉音がシガーソケットで充電しているスマホを操作する。

「バッテリー少ないのか？」

「澪とかとチャットしまくってるから、すぐ減っちゃうんだよね」

カーブミラーで車体の側面を確認した時に、手元のスマホ画面が目に入る。花言葉を調べられるアプリをダウンロードしているようだ。

「もしかして、青いバラの花言葉か？」

「そうそう。気になって」

青いバラの花言葉。飛鳥が別れ際、莉音に尋ねたことだ。

店を出てから、飛鳥は駐車場まで俺たちを見送ってくれた。その時、彼女は助手席に乗り込んだ莉音を呼び止めたのだ。

——あの、莉音さん、ちなみに青いバラの花言葉ってご存知ですか？

――自然界に青いバラは生まれないとか、そういう話なら聞いたことあるけど、花言葉は知らないなぁ。なんで？

飛鳥は自分のもらったハーバリウムを眺めながら説明してくれた。

――沙夜さんが、ハーバリウムを持ち歩いているのを見たことがあったんです。バカな私は一度それをほしがったんですけど、お守りだから、って断られました。そこに入っていたのが〝青いバラ〟だったんです。さっきの話を聞いて、花言葉がなんとなく気になって。

移動中であることが関係しているのか、アプリのダウンロードはなかなか終わらなかった。

「〝夢叶う〟だよ」

「は？」

「青いバラの花言葉」

莉音はスマホをドリンクホルダーに置く。

「知ってたんだ。タク兄に知識で負けるとは」

幹線道路の高架下を抜けると、青い空が広がっていた。それはあの日瓶の中に詰めたバラの青い花弁に似ていた。今もあのオイルの中で、バラは同じ青を発しているのだろうか。それとも――。

「知ってるさ。青いバラのハーバリウムは、俺が作って沙夜にプレゼントしたんだ」

III

別れる前に別れたら

九年前の引っ越し当日の光景が目の前に広がっていた。

その日、両親と俺と莉音は、業者二人の力を借りてトラックへと荷物を積み込んだ。

前夜、莉音と自転車で家を抜け出した時は肌寒く感じたが、作業は半袖を着ていても汗をかくほどだった。もう三月も終盤で、中学で体育の授業は行われない。この引っ越し作業で出る汗を吸うことが、中学指定の体操着の最後の仕事になりそうだ。

母が引っ越し業者の作業完了書類にサインをしている間、俺は玄関で莉音とともに座っていた。

「風邪とかひいてないか？」

前夜、二人で家出した際はその大部分を土管の中で過ごしたが、それでも風呂上《ふろあ》がりで体が冷えなかったかどうか心配だった。しかし、莉音はうっとうしそうに「大丈夫」と答えるだけだ。

「引っ越すってクラスのみんなに言ってから、めっちゃ告られた」

「マジか」

告白したのはクラスメイトなのだから、彼女と同じ小学生のはずだ。それでもなぜか腹立たしいような焦るような謎《なぞ》の気持ちに襲われる。

「並大抵のやつにお前はやれんな」

「気持ち悪。でも、問題ないよ、全員断ったから」

「一人くらい、いいと思える子はいなかったのか？」

莉音はその質問には答えず、逆に俺へ質問を返してきた。

「お兄ちゃんは誰かいないの、いいと思える人」

負け惜しみ混じりで、「今のところは」と答える。

「じゃあ、出会ったら、その人と恋するの？」

「それはその時になってみないと分からないだろ。気がついた時にはしてるもんなんだから、恋なんて」

「だからろくでもないんだよね。家電の設定みたいに、恋する器官をオフにできたらいいのに」

荷物を載せたトラックが一足先に家の前の路地を抜けていった。手続きを終えた母は一言、二言だけ父となにかを話してから「出発するわ」と俺たちに知らせた。

助手席に乗り込んだ莉音は、名残惜しげに今日まで生活をしてきた家を眺めた。

「あーやっぱ寂しいもんなんだなー」

新幹線がトンネルに突入した際の轟音《ごうおん》で、俺は目を覚ます。

「おはよ」

隣では莉音がスマホをいじっていた。

「夢見てた。お前が出てきたよ」

「マネージャー通してよね」

首をひねると、ボキボキと頸椎《けいつい》が鳴る音がした。大学で習ったところによると、正確には関節液の内部で気泡が破裂している音らしいが。

「疲れてるの？」

「別にそういうわけじゃない」

新幹線に乗る前に、静岡駅で昼食を取ったせいで眠気がきたのだ。

莉音は俺が寝ている間も、西城医大の詳しい位置や付近の情報を調べてくれていたようだった。

「西城医大、周りには喫茶店とかが多いね」

「さすが東京だな」

寝起きということもあり、あくび混じりの返事になってしまった。莉音が座席の間の手すりを器用によけながら、スマホで俺の脇腹をつつく。

「もしかして、テンション下がってる感じ？　沙夜さんが東京の病院に行ったってことを聞いて」

言葉選びはざっくばらんだが、俺の気持ちの面を心配してくれているのだろう。

「平気だよ。分かってたことさ」

嘘だ。確かに、沙夜が転院先よりも、さらに医療の進んだ病院へ移ったことを知り、動揺している。

——この病気は手術によって回復する可能性があります。ですが、その成功率は決して高いとは言えません。

病状の経過次第では手術だってありうることは当時も聞いていたが、今はテレビを通じて頭に入った知識が、俺の不安を加速させる。

「素直じゃないんだから」

俺の不安を見透かしたように莉音が肩をすくめる。

「素直じゃないのはお互い様だろ。お前だって未だに俺に助けを求めないし」

「助けってなに、私を付け回してる男がいる件？　だから別にそれは街を離れてるだけで解決してるようなもんだから、助けてもらう必要がないの」

そのとき、後方で車両のドアが開いた。どたどたと騒がしい足音を立てながら、乗客の一人が俺たちの座席の横を通り過ぎていった。トイレにでも向かっているかと思ったが、その男性は三列前の座席で立ち止まり、こちらを振り返った。

「あ！　莉音！」

その声に、莉音は手からスマホを落とした。

「大志《たいし》⁉」

「ようやく見つけたぞ！　こらぁ！」

男は赤い髪のモヒカンヘアに黒いドクロ柄のパーカーを着ている。威圧感のある風貌《ふうぼう》だ。そして彼は、莉音をまっすぐに睨《にら》みながら「見つけたぞ」と叫んだ。

「まさか、こいつがお前を付け回してるストーカーか⁉」

彼も同じ駅からこの新幹線に乗り込んでいたということだろうか。それはつまり男もまた静岡市まで莉音を追ってきていたということになる。

「タク兄、ヘルプミー……！」

莉音が漏らした声は震えていた。

大志と呼ばれた男の背は高く、真っ赤なモヒカンヘアが車両の天井にこすれそうなほどだった。

「うっそ、でしょ……」

莉音が眉をけいれんさせていると、大志が人差し指を彼女に向ける。

「莉音！　見つけたぞ！　ちょろちょろ逃げ回りやがってこの野郎！　もう二度と逃がさ

ねぇからな！」

「なんであんたがここにいんの、まさか静岡までつけてきてたの」

「いや、大阪もいってたわ！　澪のやつがお前の居場所を秘密で教えてくれてたんだよ！　あ、これ黙っとけって言われたから澪には秘密な！」

莉音は「細かく行き先を聞いてくると思ったら……。油断してた」と頭をかかえる。

車両の中のサラリーマンや観光客、前方の座席にいるおばあさんの目がすべてこちらに向けられている。

「君、まず落ち着いて」

莉音を静岡まで付け回してくるストーカーなのだ、いきなり暴力を振るわないとも限らない。俺は彼の前に両手を広げて立ちはだかった。

「逃げてもいいぞ。莉音」

莉音は取り出したハンカチで額をぬぐいながら「いや、それより私の話に合わせて」と俺にささやいた。

大志は俺たちの一列前の座席を半回転させて、ボックス席をつくる。そこに座っていた八十歳前後のおばあちゃんも、もれなくついてきた。彼はおばあちゃんの隣にドシンと腰を下ろす。

「莉音。とにかく俺はよ、お前ともっぺん話したいだけなんだよ」

「あの、すいません、莉音って誰ですか……？　さっきはノリで会話しちゃったんですけど、私、トキコっていうんです。多分人違いしてますよ」

誤魔化すにしてもあまりに稚拙な方法だ。パニックで莉音の知能指数が低下してしまったのだろうか。

「なに……？」

大志はじっくりと上から下まで莉音を眺めてから「似てんだけどなぁ……」とため息をつく。

「そうか、人違いだったのか。悪かったな」

大志は「ドッペルなんとかってやつか……」と首をかしげながら隣の車両へ歩いていく。

「嘘だろ……」

この場で殴り合いに発展することすら覚悟していた俺は、彼の予想外の反応に全身から力が抜けてしまう。

「あいつ、信じたぞ……」

「そういう男なのよ」

「そういうって、なら、お前が怖がって逃げ回るような相手じゃないじゃないか」

俺は莉音以上の頭脳を駆使して彼女を追い詰めたり、逆らえない腕力で脅かしたりしていることも想定していたのだ。

「別に怖くて逃げ回ってるわけじゃない……」

歯切れ悪く莉音が唇をとがらせた。

「ん？　いやいやいや！　騙《だま》されねぇぞさすがに！」

離れかけていた乱暴な足音がまた戻ってくる。大志はもう一度前の座席の背もたれをつかみながら莉音に詰め寄った。

「こんな似てる他人がいるか！」

彼が莉音の子供だましの嘘を見破ったことをどこかで安堵している自分がいる。しかし、彼はさらに俺の予想を上回って、否、下回っていた。

「お前さては、莉音の双子の妹だろ！　姉の居場所を隠そうとしてんだな！」

俺は思わずつぶやいてしまう。

「こいつ、一体なんなんだ……？」

莉音は何かを観念したように答えた。

「私の、元カレ」

やがて、一連の騒ぎを聞きつけた車掌がやってきて、きつく説教をされた。それによって俺たち三人はクールダウンし、着席する。

「やっぱり莉音なんじゃねぇか。だまされるところだったぜ」

大志は嘘を見破ったことを自慢げに誇ったあとで、俺をにらんだ。

「ところで、あんたは何者だよ。莉音、もしかして、こいつと都落ちしてたのか？」

莉音は瞬時に訂正をいれる。

「駆け落ち。でしょ。なによ都落ちって。でも、もしそうだって言ったら？」

大志は眉間《みけん》をしわでデコボコにする。

「そういうことなら……、仕方ねぇ。と言うしかねぇ……。俺と別れる理由が、ほかの男に惚《ほ》れたって理由なら、まぁ、分からねぇでもないからな。俺よりも頭よさそうだし」

「人類の大半がそうだけどね」

思いのほか慣れた様子で莉音は彼と会話している。

「で、お前は誰なんだよ」

「俺は莉音の兄の拓斗です。よろしく」

「な！　お前、兄貴いたのか？」

「いないって言ったことはないわよ」

「お前全然家のこと話さねーから知らなかったわ……」

大志は改めて背筋を伸ばしこちらに向き直った。

「俺田井中《たいなか》大志っていいます！　莉音さんとは高一の時から清純な、いや、多少はいろいろしてないわけじゃないっすけど、とにかくお付き合いを痛っ！」

莉音がローファーで大志の脛を蹴る。

「もう付き合ってないっての」

「俺は認めてねぇよ」

二人の間に顔を出して、話をさえぎる。

「なぁ、まずは整理させてくれ。彼が、莉音をつけ回していたストーカーなんだよな？」

莉音の代わりに大志が答える。

「はい！　つけ回してました！」

「で、莉音と大志は、恋人同士だと」

「元ね」

「俺は納得してねぇですけど！」

莉音は何らかの理由で恋人関係にあった大志に別れを提案した。しかし彼は納得せずに莉音を追い回したため、彼女は街を離れた。その認識で合っているようだ。

「元カレだったとは……。俺は莉音以上に頭の切れる変質者をイメージしてたよ」

「はっはっは！　お兄さん！　頭が切れたら大変でしょ！　めっちゃ血出ますよ！」

莉音が俺のもとに避難してきたのは、痴話喧嘩《ちわげんか》が原因だったということだろうか。

俺は莉音の耳元で呟く。

「俺がいるからおとなしいだけで、実は暴力がひどいとか?」

「違うよ。そんなことしない」

「じゃあ、こわーい組織の跡取りだとか?」

「こんなのが跡取りになる悪い組織があると思う?」

疑問がクリアになっても、気分はすっきりしない。

今まで見てきた莉音のおびえた表情や、思い悩む様子の理由が分からないままだからだ。

「なんか、肩すかしというか、なんというか……」

少なくとも、目の前の男は柄は悪いが、反社会勢力や殺し屋のような危険な人間には見えない。

《まもなく品川に到着します》

流れたアナウンスを聞きながら大志が「もうか……。新幹線はえーな」とつぶやく。

「トイレ! タク兄もついてきて」

莉音は立ち上がり、廊下へ出る間際に「荷物持って」と俺にささやいた。

「ばぁさん知ってっか? 東京タワーって三千七百七十六メートルもあるらしいぜ」

おばあさんと会話する大志を横目に見ながら、俺は莉音についてデッキへと移動する。

新幹線のドアが開くのと同時に、俺たちは荷物を抱えて車両から降りた。

大志が俺たちに気がついたのは、車両がまた動きだし、ホームに立つ俺たちとすれ違う時だった。

だましやがったな。

そう口が動いていた気がした。


カーブを曲がったところで加速する。遠心力をうまく推進力に変えるコツは、体がしっかりと覚えていた。

前方の河合の外側を回って追い抜く。数メートルの差を作ったまま、俺はトラックの中心まで駆け抜けた。

「うおーい、完全復活じゃんかー」

河合が頭につけたニット帽を外しながらこちらへと歩いてくる。走ったことによる体温の上昇で彼の顔は真っ赤だ。

「いやいや、まだまだぎこちないだろ」

「普通に走れてんじゃん！」

手術から約半年が経ち、膝の様子を見ながら徐々にならば、という条件つきで部活動への復帰が認められた。理学療法士が言うには、若いぶん、回復が早かったらしい。

「体力も落ちてるし、いろいろやばいわ」

「春の大会で周りを驚かせてやれ！」

河合が背中を叩いてくる。そのむかつくほどの遠慮のない叱咤《しった》が、心地よくもあった。

河合は通常のメニューへ、俺はまたグラウンドの隅での筋力トレーニングへと戻る。そのフェンスの向こうには莉音がいた。十二月に入ってから、彼女がここへ立ち寄るのは初めてのことだった。

「よう。クリスマスの発表会に向けて、バレエが忙しいんじゃなかったのか？」

「先生がインフルエンザになったらしくてレッスンがお休みになったの。でも、連絡もらった時はもうこの近くまで来ちゃってて」

莉音が肩をすくめてみせる。肩からかけているバレエ教室の鞄も一緒に揺れる。

「へー。じゃあ、お前もしかしてこのあと時間あるのか？」

「お兄ちゃんと過ごす時間はない」

「沙夜と過ごす時間なら？」

集合場所の喫茶店で、沙夜は単語カードをめくりながら俺を待っていた。俺の姿を見つけると、手早く単語カードをしまって立ち上がる。

「こんにちは」

沙夜のお辞儀は、俺の隣の莉音に向けられていた。莉音もどこか緊張した面持ちでお辞儀を返す。

「兄がお世話になっています」

「いえ、こちらこそ」

「あのいいんですか？　私、いて」

莉音の質問には、俺よりも先に沙夜が答えた。

「もちろん！　前から莉音さんの話は聞いていて、会いたいなと思っていたんです。でもなかなかタイミングがつかめなくて……」

夏ごろにも何度か莉音を沙夜に会わせる計画はあったのだが、沙夜の体調が整わずに実現していなかったのだ。

俺たちはそれぞれコーヒーとカフェオレを注文し席につく、莉音はソファ席に座る沙夜の隣に位置取った。

俺の過去の失敗や、莉音の学校での様子などを話したあとで、沙夜は感慨深げに莉音を眺めた。

「莉音さんは聡明ですね。話の端々《はしばし》からそれを感じます」

「だろ？」

「タク兄がドヤることじゃないんですけど」

くすくすと笑ってから、沙夜が莉音の頭へと手を伸ばす。

「もしよかったら、なでてもいい？」

莉音がタートルネックに口を隠しながらうなずくと、沙夜は嬉しそうに前後に手の平を動かし彼女の頭をなでた。

「妹がほしかったんですよねー」

「私も兄よりも姉がほしかったんです」

「おい」

それぞれが注文したドリンクを半分ほど飲み干した時、沙夜が薬を飲むための水がいると言った。彼女の代わりに俺が立ち上がると「追加の注文をしたいから」と莉音がそれについてきた。

「素敵な人だね。沙夜さん。お兄ちゃんにはもったいない」

「だな。俺もそう思うよ」

未だに彼女の隣を歩くことに慣れない。膝の状態はよくなっているはずなのに、ふわふわとした心地になる。

「クリスマスはどうするの？　デートするんでしょ？」

「一応その予定だけど」

「でも、プレゼントで悩んでるんでしょ。どうせ」

さすが莉音だった。正解だ。

「いろいろ予算内で考えるんだけど、センスに自信がなくてな。手作りってパターンもあるけど、それもなんか気持ち悪いのかなーとか」

莉音はため息をつきながら、俺が考えている既製品の候補を聞いてアドバイスを返してくれた。

「手作りの物も、一緒にあげたら？」

「いい、のか？」

「別にひとつしかあげちゃいけないルールはないでしょ」

「手作りはキモいからやめろ、とか言うかと」

莉音が席に座っている沙夜を眺めながら答える。

「沙夜さんに会う前ならそう言ってたと思うけど、あの人なら大丈夫そう。でも、手作りってなにするの？　お菓子とか？」

沙夜に会話が聞こえていないか確認してから小声で答える。

「花のホルマリン漬けでもやってみようかと……」

「なにそれ……。まぁ、適当にやんなよ」

莉音はため息をつき、順番が回ってくる前に席へと戻る。

「あれ、お前追加の注文があったんじゃないのか?」

「ううん。タク兄とその話したかっただけだから。このあとじゃタイミングないし」

「お前できた妹だな」

「自分ができてない兄なだけでしょ」

俺は沙夜が飲む水をカウンターでもらい引き返す。その途中、かくんと膝が曲がり、尻《しり》もちをついた。

「なにやってんの?」

「いや、なんか、つまずいた、のかな……」

自分でも状況が飲み込めないまま、俺は立ち上がる。床にはつまずいてしまうようなものは何もなく、俺がこぼした水が広がっているだけだった。

☽

西城医大付属病院のロビーは、空港のターミナル並みに大きかった。

そもそも建物自体が大きい。都内にあって十階建ての病棟が二つ並び、隣には医大のキャンパスも併設している。敷地面積はそれほどでもないのだろうが、密度は俺の知る病院とは段違いだった。

受付の男性は、手元のパソコンを手際よく操作してから口を開いた。

「月野谷沙夜さんというかたは、現在ここには入院していませんが……」

俺は握っていた拳をほどく。内側でにじんでいた汗が蒸発していくのが分かった。

「もらったメールだとここに入院してるって話だったんですけどねー。すいません、また確認してみます」

見舞客の演技を最後までまっとうしながらカウンターを離れ、病院の正面玄関を出る。

「今現在、入院してるって線は薄くなったね」

「時系列的には、沙夜がここに来たのは五年も前だしな。受付に聞いて、ここにはいないって言ってるんだから、薄いどころか可能性はゼロだろ?」

「受付の男性が私たちを怪しんで嘘ついてるとか、沙夜さんが結婚して苗字が変わったとか、そういう可能性はまだ残るから」

沙夜が、月野谷、以外の苗字になっているところを想像してみるが、どんな苗字も違和感しかない。

「でも、入院していないとなると……」

通院中なのか、今はもうこの病院の世話になっていないのか、それすらはっきりしない。一番底にある真っ黒な可能性もまた、消し去ることができない。

病院から出て、次の段取りを立てる。

「やっぱりこの近辺の喫茶店を回って聞き込みするしかないかもね。どこかの常連になってた可能性に賭《か》けて」

「足を使うってことか」

俺と莉音、それぞれスマホで近辺の喫茶店の位置を確認していると、病院と隣接している医大のキャンパスから出てきた大学生らしき男二人がこちらへ近づいてきた。

「ねぇねぇねぇ！」

俺からは二人の姿が見えていたが、莉音からすると不意打ちだったようだ。彼女は肩を跳ねさせながら男のほうへ向き直る。

「ねぇ。喫茶店って聞こえたけど、どこかいく感じ？　俺コーヒーおいしいとこ知ってるよ。もしよければ一緒にどう？」

「すいません。俺の連れなんで」

男二人に声をかけると、彼らは驚きと不機嫌さを混ぜ込んだ「えぇ？」を発した。二人してスマホをいじっていたせいで俺たちが他人同士に見えていたらしい。

医大生二人は特に食い下がることもなくまた歩き出した。

「可愛い子だったのにな」「こうなったらエリナちゃんたち誘う？」「いやこの時期の三年、みんな看護実習のレポートで暇ないらしいぜ」

彼らの切り替えの早さにあきれながら、俺は莉音に向き直る。

「声かけられた時、一瞬大志だと思って驚いたろ」

莉音は「別に」とつぶやき、スマホの地図アプリで付近の喫茶店の検索をつづけた。

「大志のことどうするんだよ。恋人なんだろ」

莉音が舌打ちをしながら、病院前のガードレールに腰を下ろす。

「タク兄には関係ない話でしょ」

「実は八股《はちまた》してるような男だとか？」

莉音としてはイエスと答えてしまえば俺を完全に味方にできるのだろうが、彼女は大志の名誉のためにはっきりと否定してきた。

「だから、そんなやつじゃない」

大志と遭遇してからの莉音の表情を見る限り、逃げ回っていることを申し訳なく感じてさえいるように見えた。大阪で大志の姿を空見（もしかしたら本物だったのかもしれないが）したのも、彼を怖がっていたからではなく、自分に負い目があったからなのかもしれない。

「喫茶店で恭子さんに話した家庭科でバカやった男って、大志のことだろ？」

西校一のバカだと、彼女は侮蔑《ぶべつ》ではなく、愛着のこもる口調で説明していた。

「昔の恋人と偏差値に差があることを、外野にいろいろ言われて腹が立ったって言ってたのもあいつのこと、違うか？」

「だったらなによ」

彼と体験した出来事が、飛鳥たちに首を突っ込んだ理由の根源でもあったのだ。

「もしかして、お前、まだ大志のこと好きなんじゃないのか？」

だからこそ、莉音の友達である澪も、彼に居場所を教えるという裏切りを働いたのではないだろうか。

「関係ないでしょ！」

先ほどよりもひときわ大きな声に、歩行者が数人こちらを振り向く。だが、彼女は俺の推測を否定はしなかった。

「とにかく話し合えよ。ちゃんと別れるのかどうかを」

「私の意志は固い。別れる。そう決めてるの！　これから先も付き合うことが、なんか嫌になったから」

「でも、迷いがないようには見えないんだよ。お前のことが俺には理解不能だ」

「理解不能……」

俺の言葉がまるで質量でも持っていたかのように、莉音はぴくんと体を揺らす。

「お兄ちゃんにだけは、そんなこと言われたくなかった……」

彼女はうつむき、淡々とスマホを操作し、近辺の地図を俺のスマホへ送った。病院の周りにある喫茶店の位置がしるされたものだ。

「手分けしよ。私も、一人になりたいし……」

一人になりたい、と漏らした彼女についていくことはできなかった。

彼女が横断歩道を無事に渡りきるのを見送ってから、俺は地図を見てルートを頭に描く。

そうしている間に、メールの着信があった。朱美からのものだ。

前半は俺が管理していたいくつかの書類の場所を尋ねるもので、後半は数日前に提案してくれた、新しい仕事に関するものだった。

《急で悪いんだけど、友達からうちで働くかどうかの返事を早めにほしいって言われたんだ。そろそろ次の仕事が動き始めるらしくて。この件に関して明日の昼休みに電話させてもらっていいかな？》

まだ、朱美に紹介してもらった場所で働くかどうか、結論は出ていない。返事に期限が設けられたことに焦りを覚える。

新しい仕事先のこと、莉音のこと、それぞれ問題を先延ばしにしている罪悪感を覚えながらも、俺はまず意識を沙夜の情報探しに切り替えた。

「五年前となると、このお店はオープン前ですね……」

「常連さんといっても多いので、さすがに全員は覚えてないです」

莉音から送られてきた沙夜の写真を片手に喫茶店をめぐる。病院周辺の喫茶店はチェーン店がほとんどで、店員や店舗の入れ替わりも激しいためか、有益な情報はひとつも得られなかった。

莉音へ《今のところ手掛かりなし》とメールするが、返信はない。

一人にして、と言われて、一人にしてしまったのは、正しい判断だったのだろうか。何年も離れたままで、今や大学生になろうとしている妹の恋愛問題にどこまで踏み込んでいいのか分からない。

「まぁ、今は聞き込みだ」

口に出して気持ちを切り替え、次の喫茶店へと向かう。今度の店はチェーン店ではなく、ピンク色のひさしに黄色い看板という派手な外装だった。

「いらっしゃいませ！　ご主人様！」

店頭に立っている呼び込みの女性も、通常の喫茶店の制服としてはありえない黒のワンピースドレスに白いフリルつきのエプロンというメイドルックだった。

「ここは別にいいか……」

愛想笑いしながら通り過ぎようとすると、突然後ろから肩をつかまれた。

「お兄さん、やっと見つけましたよ……！　お話いいですか!?」

先ほど見たばかりの派手な赤髪。そこにいたのは大志だった。

「君、なんでここに……!?」

あまりにも予想外の遭遇に、俺は逃げ出すことも、莉音がしたようにとぼけることもできなかった。

「ご主人様、お話でしたら是非、中でどうぞ。おいしいコーヒーをお出しします」

絶妙なタイミングでアプローチしてきたメイドさんに、大志は「ありがとうございます！」と即答した。


「じゃあ、このネコネコラブリーパフェをひとつお願いしやす！」

メイドさんは手元の端末に注文を登録し「かしこまりにゃん！」と高い声を上げた。

「お兄さんこういうとこ好きなんすか？」

「人捜しのために、ここらへんの喫茶店を回ってただけだよ」

「その人は、こういうとこで働いてたんすか？」

メイド姿で「かしこまりにゃん！」とオーダーをとる沙夜の姿を頭に浮かべてしまう。

「悪くない。じゃなくて、そうじゃない。ただ喫茶店とかでゆったりするのが好きな子だったから、どこかの常連客になっていたんじゃないかって思って」

大志は水を一気に飲み干す。相当喉が渇いていたらしい。

「莉音は、お兄さんの人捜しを手伝ってたんすね」

「君から距離をとることが第一目的だったみたいだけど。ところで、なんで大志くんはここまで追ってこられたの？」

莉音の友人である澪が情報を流していたのは新幹線の車内までのはずだ。

「新幹線で俺の隣におばあさん座ってたじゃないっすか。あの人が、二人は西城病院ってとこにいくらしいって教えてくれたんす」

前の座席のおばあさんだ。大志と遭遇する前から、俺たちの話が耳に入っていたらしい。

「そんでこの近くまでは来たんですけど、肝心の病院にいこうとしたら道に迷ったんです。困って適当にうろうろしてたら、お兄さんがいて。ラッキーでした！」

パフェとコーヒーが運ばれてきた。大志は上にのったリンゴを幸せそうに口へ運ぶ。

「莉音とは、同じ学校なの？」

「あいつは進学コースで、俺は普通コースですけどね。俺たちの話、莉音はお兄さんにしてなかったんすね」

「うん。一緒に住んでるわけでもなかったからね」

二人の関係が気になる。と水を向けると、大志は律儀に説明を始めた。

「あんま進学コースと普通コースって接点ないんすよ。体育とか家庭科の特別授業で一緒になるくらいで。でもそんなある日、莉音が普通科の番長的なやつに目をつけられまして」

俺が「番長……？」と首をかしげると「普通いるでしょ。各学校に一人」と返された。実在の番長など俺は見たことないが、それは主題ではないので続きを促す。

「一目ぼれしたらしくて、子分を使って莉音を呼び出したんですよ。でも莉音は〝自分で来い〟の一点張りで」

無礼な呼び出しには応じない。莉音らしい。

「でも命令された子分も番長に頼まれた以上、連れていかないわけにはいかなくて、最後には強引に引っ張っていこうとしたんすよ」

「そこに助けに入ったのが君、ってことか」

「いや、その子分ってのが俺っす」

予想外の答えに、手に持っていたティースプーンを落としてしまう。

「莉音にはその時いろいろ言われたんすよ。なんで先輩だからってなんでも言うこと聞いてんのかとか、女の子の手を無理やり引っ張っていいと思ってるの？　とか」

大志は腕を組み、眉間にしわをよせた。

「正直、俺よく分からなくて。だから莉音に説明してもらいました。なんで先輩が自分で来るべきなのかとか、乱暴のつもりはなくても男は腕力の使いどころを間違っちゃいけないとか」

彼女のことだ。いらだち混じりに切々と理詰めで説いていったのだろう。

「莉音に言いくるめられて先輩のところに戻って、また呼び出してこいって莉音のところにいって、そしたらまた言いくるめられて、みたいなのが何回か続いたんすよ。その何度目かに、俺は先輩に言ったんす。もう呼び出しにはいかないって」

「自分でいくべきだと思ったから？」

「いいえ、俺が莉音に惚れたからです」

大志の目には照れなどまったくない。まっすぐな言葉に、むしろ聞いてるこちらが照れてしまう。

「そのあと先輩にはボコにされて縁切られましたけど」

大志はその時折られて差し歯になった歯を自慢げに見せてきた。

「それから一緒にいることが多くなって、いつの間にか付き合うことになって、二年半経ったって感じです。その間にいろんなこと教わりました。敬語の使い方とか、女を相手にする時は共感が大事だってこととか、あと勉強も。おかげで俺来月から短大いくことになったんすよ！」

すごいのは莉音だけではない。彼女の言葉を全身で受け止めて、自分の一部にしていった大志も、俺にはまぶしく見える。誰にでもできることではない。

彼ならば、今の俺のように進む未来の選択に迷ったりはしないのかもしれない。

「あいつは、俺の人生の恩人で、今でもすげーやつだと思ってて」

「莉音の、そういうところを好きになってくれたんだね」

「いや、一番好きなとこは顔っすけど」

「さっきまでいい話だったんだけどなぁ……。正直だね、君」

「莉音にもバカ正直だなって言われます」

「口が悪い妹でごめんね。それ、俺もよく言われるよ」

大志は歯を見せて笑った。

「でもあいつ、そのままでいいって、褒めてくれますよ。だから多分、お兄さんのことも好きなんじゃないっすかね」

隣のテーブルでは、メイドさんが常連らしい客を「お兄ちゃん」と呼んでいる。

「どうだろうね。うちの妹は俺より頭がきれるし、あんまり尊敬も評価もされてないと思うけどなぁ」

大志がパフェを口に運びながら神妙にうつむく。

「なに考えてるのか分からないとこあるっすよね」

「君もそういう感覚なんだ。大事なことを聞いてなかったけど、莉音はなんで君に別れようって言ったの？　理由は説明した？」

「いえ、ただ〝なんとなく〟と言われました」

「え――？　なんとなく？」

　そんな一言だけで、数年間付き合った相手を突き放したということだろうか。

　言葉を交わして、なぜ莉音が大志と付き合っていたのかだって分かる気がした。彼女は頭がいい代わりに悩みすぎる癖がある。そんな時に彼のような素直な人間が隣にいれば、きっと救われることもあるのだろう。

　大志と会ったのは今日が初めてだが、彼がそんな風に突き放されなければいけないような人間だとはどうしても思えない。

「飽きただけとか、ほかに好きなやつができたとか、そういう簡単な理由なのかもしれねぇなぁ……」

「そんな理由であっても誠意ある対応をする妹のはずなんだけどね」

〝なんとなく〟なんて理由で恋人に別れを告げるなんて莉音らしくない。きっと、何らかの理由を隠しているのだ。

「俺、あいつが別れたいってんならそれでいいんですよ。でも、理由はちゃんと知りたいんす……。それで、必死で追いかけて、まぁ、それで余計怒らせちまったのかもしれないけど……」

「来月から遠距離恋愛になるとか？」

「いいえ。学校は違うけど互いに東京なんで、むしろ節約のために同棲だって考えてたくらいで」

「マンネリ、って感じでもなさそうだしね」

「この前まで普通に仲良くやってました」

それから別れを切り出される心当たりをいくつか尋ねたが、大志は黒いパーカーの首元から垂れる紐《ひも》をいじりながら首をひねるばかりだった。

「なにかしちまったなら謝りたいんすけどねぇ……」

メイドさんがやってきて、席の延長をするかどうかを尋ねられる。俺たちは丁重に断り店を出た。

「あ、捜してるって人のこと聞かなくていいんですか？　メイドの土産に教えてくれるかもしれませんよ」

「多分、君は今、いろいろ間違えてるよ」

ダメ元で尋ねてみたが、やはりこのメイド喫茶にも沙夜は立ち寄っていないようだった。長居ができないシステムとなると、より彼女向きではない。

「このあとで莉音と合流するんだ。不意打ちで君を連れていくのは卑怯だから。ちゃんと大志くんと会ったって、今から連絡して――」

そう説明しているそばから、突然大志が走り出す。赤髪のモヒカンを揺らしながらひとつ隣の通りへ出て、歩道橋を駆け上る。その橋の上に、莉音がいた。

「大志、なんであんた、ここに……」

莉音は突然現れた大志に戸惑いながら、その後ろにいる俺にも気がつく。

「なんでタク兄が一緒にいるの？　まさか二人で連絡でも取り合ってたってわけ？」

重なった偶然から誤解が生まれる。俺も大志も、瞬時にすべてを説明できるほど弁舌に優れているわけではなかった。

「そうじゃない、さっきそこで偶然会って」

「で、わざわざここに連れてきたってこと？」

莉音の明確な敵意がこもった視線に、俺の心は過剰に反応する。

「連れてきたつもりはないが、ちゃんと大志くんと話すべきだとは思ってるさ。聞く限りじゃ、お前の行動は勝手だ。なんとなく、なんて理由だけで別れを告げるなんて、大志くんが納得できない気持ちも分かる。なによりお前らしくない。気分屋なところはあっても、人とはちゃんと向き合う人間だったじゃないか」

「うっ――」

莉音がそこで息を止め天を見上げる。近くの青信号が明滅を一回繰り返す間だけ静止してから、頭を勢いよく振り下ろす。

「――ざいなっ！　もう！」

彼女の目の端で、涙が跳ねるのが見えた。

「関係ないんだからほっといてよ!」

「ほっとけない! 関係を半端なまま終わらせるべきじゃない」

「そしたら、どうなるっていうのよ!」

「八年後にでっかい後悔と一緒に、妹に手伝ってもらってまで相手を捜すことになるんだよ!」

我ながら情けない説得の言葉にため息が出る。

「自分の気持ちを見て見ぬふりして。頭でだけ納得してたって意味ないんだ。そんなことをした結果、俺は彼女が幸せなのかどうか、確かめることすらできない。それは、結構、しんどいんだぞ……」

《この花が　枯れるころ　どうかまた》

はじめはハーバリウムに隠れていた言葉を信じ彼女を捜そうと思った。しかし、今はそれすら望まない。ただ、彼女が世界のどこかで幸せでいてほしい。それだけだ。

「まだ、大志くんのこと好きなんだろ?」

数台の車が、歩道橋の上に立ち尽くす俺たちを気にも留めずに通り過ぎていく。莉音は袖の内側で涙をぬぐってから、小さく言葉をこぼした。

「だからじゃん……」

「俺が、なにかしたのか?」

大志に向かって、莉音が首を横に振る。

「あんたは悪くない。悪いのは、全部私」

唇を噛みしめるその表情は、あの引っ越しの日「寂しい」とつぶやいた時とそっくりだった。

莉音が最初の数歩をつまずきながら、俺たちとは逆方向に駆け出す。

「おい、待てって!」

階段を下りていく莉音を大志と追いかける。しかし、階段の方向へ九十度反転しようと右足を踏みしめた時、がくんと足から力が抜けた。勢いを殺せずに手すりに肩を打ち付ける。

歩道橋の手すりから振動が伝わったのか、階段下の莉音と、踊り場の大志がこちらを振り返る。

「大丈夫! 平気だから」

笑みを無理やりつくりながら大志に向かって親指を立てたが、彼は莉音を追うのをやめて、俺のところへと戻ってきた。

「ケガっすか?」

「それより莉音のあとを追わないと……」

「俺らのことに巻き込んで、お兄さんにケガさせるわけにはいかねーっす」

大志は腕をつかんで、俺を立ち上がらせた。

「膝、ケガでもしてるんすか?」

「むかーし、ちょっとね。あんまりもう、走れないんだ。あ、でも痛いとかはあんまりないから大丈夫」

俺と大志のやりとりを見ていた莉音が逃げるのをやめ、階段を登りこちらへ戻ってきた。

「平気?」

莉音は俺が転ぶ瞬間を見ていたわけではないが、すぐに状況を把握して、大志に俺の右側を支えるよう指示した。

「大志、捕まえるなら今だよ」

「無理やり女の人の手を引くようなことはしちゃダメだって、お前が教えてくれたんだろうが」

確信する。莉音は飽きたからなんて理由で大志に別れを宣言したのではないのだ。そんなことをする妹ではないし、大志もされるような人間ではない。

だとすると——。

同時に、俺は彼女がつぶやいた言葉の意味も理解する。

——お前のことが俺には理解不能だ。

──お兄ちゃんにだけは、そんなこと言われたくなかった……。

俺は莉音を過大評価していた。利口で、俺よりもよっぽど大人な彼女はきっと、俺なんかよりも、もっと賢く恋愛をしているものだと思い込んでいた。

──恋する器官をオフにできたらいいのに。

俺が気がついてやるべきだった。同じ家庭で育った俺だからこそ、彼女に寄り添ってやるべきだったんじゃないか。

離れていた距離と時間なんて言い訳にしてはいけない。兄失格だ。

──タク兄の無様で、女々しくて、色あせた恋の顚末を、私は知りたいの。

──私の意思は固い。別れる。そう決めてるの!

莉音が沙夜捜しを提案した理由も、なんとなく、なんて雑な理由だけで大志に別れを告げて逃げ回っていた理由も。世界で俺が一番分かってやれるはずなのだから。

莉音が視線を落としたまま口を開く。

「私が、家族のことを大志に話してなかったのには理由があるの」

今日まで莉音は、彼に俺の存在を話していなかった。おそらく同様に、父や母のことも、莉音からすすんで語ることはなかったに違いない。

「さっきお兄さんに聞いた。離れて暮らしてたんだろ?」

「そう。私が小学校のころからね」

俺が大学へ進学し一人暮らしを始める前から、さらに言えば、沙夜と俺が出会う前から、俺たち兄妹は別々に住んでいた。

歩道橋の下を乗用車が通り抜けていく。小さくなっていくエンジン音は、母が莉音だけを乗せて走り去っていったあの時に聞いた音と似ていた。

「私たちが小さいころに、両親は離婚したんだ」


リビングには一枚の写真が飾られていた。新婚旅行にいった際に撮ったものらしく、広い牧場で父と母が肩を組んでいるものだ。

いつしかの模様替えでその写真は片づけられた。その時は、俺も莉音もそのうち別の写真を飾るのだろうと思い込んでいた。

夜遅くまで仕事で帰ってこない父と、日々やるべきことに追われる母はいつも疲れていた。

きっと、どんな人間にも価値観の違いというものは最初から当たり前にあるのだろう。それを認め合うためのエネルギーが、時間が経つごとにやすりをかけるように一ミリずつ削られていくのだ。

俺が中学にあがったころから両親の間には口論が増えていった。もしかしたら、知らないところで前からしていた口論を、俺と莉音の前でするようになっただけかもしれないが、とにかく気分のいいものではなかった。

音楽やテレビ番組の音で世界を遮り、俺は両親の喧嘩をやり過ごしていた。今考えると当時の俺にも両親のためにできることはいろいろあったのだろうが、どこかで高をくっていたのだ。別に自分が口を出さずとも、俺たちはずっと家族でいられると。

言葉を吐き出しあうたびに彼らの間になにかが積もり、それは重ねるたびに高くなっていった。やがてそれが壁になり、互いの姿を完全に覆い隠した時、両親は気がついた。二人でいる意味がないと。

俺が高校に進学する二ヵ月前、両親は俺と莉音に離婚に関する話を切り出した。

俺は驚かなかった。莉音も同じだ。ただ彼女は、両親にかける言葉が見つからない俺と違って「いいんじゃない」とだけ口にした。

今にして思えば、あれはただの強がりだったのかもしれない。

莉音は母と母の実家へ移り、すでに推薦をもらっていた高校で陸上をしたいと主張した俺は、父と生活を続けることになった。

もともと地元の高校で知り合った両親の家は駅四つ分しか離れていなかったけれど、部屋を出て三歩で妹の部屋に到着していた時に比べたら、それは何百倍もの距離だった。

正月や盆などに俺一人で母のもとにいくことはあったが、それ以外で莉音に会うのは、彼女がバレエ教室へ向かう途中に高校へ立ち寄る時だけだった。

まるですべてを救うかのように奉《たてまつ》られている〝絆《きずな》〟というものは、常に形を変え続ける。俺も莉音も、その変わりゆく絆の形に振り回されてきたのだ。

住宅街の中に申し訳程度に作られた公園は、四方をフェンスに囲まれていてまるで刑務所の運動場のようだった。俺の座るベンチからは、日が落ちるまえに山を完成させようと急ぐ一組の姉妹が見えた。

「そうか、だからお前、一回もお兄さんの話を俺にしなかったのか」

莉音は淡々と、まるで誰かの書いたレポートでも読むかのように家庭の変遷を大志に説明した。その間、彼女は転がっていた石をつま先でいじっていたが、最後にそれを蹴飛《けと》ばした。

「まぁ、どこにでもよくある話だけどね」

ありふれた話だ。俺もそう思う。両親の喧嘩を聞いたことのない人間のほうが少数派なのだろう。

「でも、お前にとってはたった一人の両親の話じゃねーか。ん？　あれ、両親は一人じゃねーな。一組、か」

莉音はこぼれそうになった涙を慌てて拭き取った。

「そうだよ、だから私にとって、どうしようもなくそれが真実なの」

砂場で遊んでいた姉妹のもとに、彼らの両親がやってくる。父と母、それぞれと手を繋ぎながら一家は家路につく。

「あんたと付き合ってほんとに楽しかった。今でもあんたのことは好きだよ。でも……」

一呼吸をいれてから、彼女は続ける。

「あんたと一緒に住む未来とか、その先とか、そういうことを考えたら、途端に怖くなった……」

俺は自分の両親が、特別器の小さい人間だったとは思ってない。それぞれに優しさと思いやりがあった。それでも、うまくいかなかったのだ。

「私には分からないの。ゴールってどこなの？　ラブストーリー見てもいちいち冷めたこと考えちゃうし、幸せそうな家族を見ても裏を疑っちゃう……。あんたと一緒にいる時も、自分をどこかで俯瞰《ふかん》して見てる。あんたと一緒にいることに慣れて、疲れてきてる自分だって確かにいるんだ……」

莉音が顔へ手をやる。まるでそこに映った景色をすりつぶすようにして、彼女は瞼《まぶた》をごしごしとこすった。

「大志のことが好き。だからこそ、私はあんたと憎み合いたくない。いがみ合いたくない。一緒に過ごした時間を悔《く》やむようなことになりたくない」

　これが、筋の通らない理屈を彼に押し付けて逃げ回ってまで、説明できなかった本当の〝理由〟なのだ。

「私はあんたとの未来を考えるには、ゆがみすぎてる」

「莉音、でも……」

　俺がなんの言葉も用意せずに開きかけた口を、彼女が阻む。

「でも、なに？　それでも一緒にいろとか、言いたいわけ？　タク兄だって同じものを見てきたし、自分だって今、いろんなものを失ったままで苦しんでるんじゃん！」

　どこかで聞いたような綺麗事《きれいごと》なら、いくらでも並べられる。でも、それが彼女を救わないことを俺はよく知っていた。

　そう、俺は、何も言えないのだ。

「勝手なこと言ってるのは分かってる。だから、恨んでくれていいし、嫌いになってくれていい。それでいい。いつかくる終わりなら、今がいい！」

　別れる前に別れる。それが、彼女の選択した道だったのだ。

　まっすぐ大志を見つめる瞳は涙で膨張しているように見えたが、彼女は一滴の雫も落としはしなかった。

「そうか……」

大志は空を見上げて、ゆっくりと息を吸い込む。その後、深くうなずく。

「分かった」

「いいの？　それで」

俺の質問に大志は力強くうなずいた。

「理由を聞こうと思って莉音を捜してただけなんで！　今は満足っす！」

どこか表情が硬い。彼のひょうきんさが今はまったく感じられない。

「莉音は頭がいいから。お前がそう言うなら、そのほうがいいんだろ」

莉音は歯を食いしばりながら、彼にうなずき返した。まるで、湧《わ》き上《あ》がる心の痛みを吐き出すまいとしているかのようだった。

大志が公園をあとにする。俺と莉音は一歩も動かずにそれを見送った。

日が完全に沈みきり、公園が照明の光だけで照らされたころ、莉音が口を開く。声を震わせながら、それでもおどけてからかうように彼女は俺に笑いかけた。

「ちょっと、人の失恋で泣くのやめてくれる？」

頬をつたう涙が、鉛のように重たく感じられた。ゆっくりと、顎へと落ちていく。

「すまん。ただ、なんか、悔しくて……」

莉音に間違っている、考え直せ、と言ってやれない自分がいる。

彼女の決断を、俺は理解できてしまうのだ。

俺が沙夜と離れることを決めた時、両親が見せたひとつの終わりの形に影響されていなかったといえば嘘になる。諦めや達観は、間違いなく俺の中にも育っていた。

なぜ、誰かを大切に想うことに、こんなに苦しまなくてはいけないのだろうか。

「同情する必要なんてないよ。だって、私は自分の心を整理するために、兄を利用するような悪い妹なんだから」

莉音はすぐそばのブランコへと飛び乗った。立ったまま、体を前後に揺らす。

「大志から逃げ回ってる時に、タク兄がアケミンさんの告白を断ったことを知った。あぁ、きっと沙夜さんのことが今も引っかかってるんだろうなって、思った」

——タク兄の無様で、女々しくて、色あせた恋の顚末を、私は知りたいの。

彼女は自分の選択に対する確信がほしかったのだ。莉音が沙夜の行方を捜そうと提案してきたことの裏には、そんな彼女の状況が関係していたのだ。

「私はタク兄がずっと引きずってる恋に、完膚《かんぷ》なきまでに叩き潰されるところを見たかったのかもしれない。もうほかの大切な人がいたり、タク兄のことを覚えていなかったり、そういう結末を望んでたのかも。そうやって、私は自分の選択が正しかったんだって
……」

莉音がブランコから飛び降りる。チェーンがたわんで、飛距離は全然出なかった。

「恋なんてろくなもんじゃないんだって、もう一回確かめたかったんだ」

折り返してきたブランコが、莉音の膝の裏に当たり止まる。

「私、なんでこんなに最悪なんだろ……」

俺はそれを裏切りだとは思わなかった。大志との関係を深く悩んでいたからこその行動だったのだから。

「きっかけはお前だったかもしれないけど、俺は俺の意思で沙夜を捜してるんだ。今もそうだ。お前が気にすることじゃない。助かってるよ」

莉音の顔が一瞬くしゃりとゆがむ。

「もう、そっちも終わりにしようか。帰ってもいいんだよ。タク兄」

彼女らしくない、弱々しい声だった。

「お前は戻っていい。もう避難してる理由はないんだからな。でも、俺は、最後までやってみるよ」

「でも、私、こんな結末になるなんて、思ってなくて……」

「こんな結末……？」

莉音はカーディガンの袖の中で、固く拳を作る。

「お前、まさか、なにか手掛かりを見つけたのか？」

彼女は小さくうなずくが、続きを話す前に確認した。

「ごめん。これはタク兄にとってきついことだろうなって思う。それでも、もしかしたら、まだ、間に合うかもしれないから……」

間に合う？　なにに？　聞くべきその言葉は喉につかえて出てこなかった。

「聞く勇気、ある？」

質問に足が震えだす。それでも、答えはひとつだった。

「勇気も覚悟もない。でも、聞かない選択肢はない」

莉音は小さく唇をかんでから、俺と目を合わせた。

「宝山病院緩和ケアセンター」

——緩和ケア内科？

——がんとか、重い疾患をかかえてる人の〝最後の時間〟をケアする医療です。

彼女がかつて教えてくれた知識が、考えうる限り最悪の形で俺にのしかかる。

「多分今、沙夜さんはそこにいる」


まだ二十六日にもかかわらず、街の中からクリスマスの雰囲気は消え去っていた。どの店も正月向けの飾りへと切り替わっており、クリスマスソングはどこからも聞こえない。

これでは、遠くの街へ出てきた甲斐《かい》がない。

中には今日の俺たちのように、当日に会うことができなかった人もいるだろう。世間は過ぎ去った行事に冷たい。

電飾が外されていく街路樹の前で待っていると沙夜がやってきた。

「お待たせしました」

たった五分だが、デートの待ち合わせで彼女が遅れてくるのは初めてだった。

「そんな待ってないけど、なにかあったのか？」

「いえ、別に、ちょっと道が混んでいたもので」

コートが白いせいだろうか。どこか彼女の顔色も青白く見えた。

「疲れてないか？」

沙夜は首を横に振りながらも、予定していた映画までの時間を喫茶店でつぶすことを提案してきた。

コーヒーチェーン店に入り、背の高いテーブルを挟んで座る。コーヒーを二口ほど飲むと、沙夜は「美味《おい》しいですね」と笑みを浮かべた。

「拓斗さんは部活の調子はいかがですか？」

「あぁ、大分いいよ。タイムはまだ目もあてられないけど、確実に戻ってきてる」

正直に言えば、先日のように右膝に力が入らなくなることが部活中にも数回あった。だが、たんに筋力の低下によるものだと思うので、わざわざ話しはしない。

「ところで映画のあとに買い物をする時間はあるでしょうか？　実は拓斗さんへのクリスマスプレゼントを、まだ用意できていなくて……」

沙夜は申し訳なさそうに手を合わせ「忙しくて」と釈明した。

「いやいや、実は俺も同じなんだ。なんにしようか迷ってて、でも、決めらんなくて、これはもう今日一緒に探そう！　って」

「私も、そんな感じです」

「あ、でも……」

今のタイミングを逃すと、いつどう渡していいか分からないと思い、俺は鞄から小包を取り出す。

「これ。なんというか、プレゼントのつきだし、みたいなものなんだけど……」

「つきだし？」

頭の上に疑問符を浮かべながら沙夜が包みをほどいていく。箱を留めているテープを丁寧にはがし、蓋を開ける。

「え、これ……」

沙夜が中からハーバリウムを取り出し持ち上げる。青いバラが一番きれいに見える角度に調節してから「すごい」とつぶやいた。

「沙夜が作ったものに比べたら全然だけど。やってみると難しいんだな、ハーバリウムって。もっとこう、優雅に漂うはずだったんだけど」

俺のハーバリウムは、専用の小瓶を購入して作った。にもかかわらず、なんの変哲もない薬瓶を使って作った沙夜のハーバリウムとは雲泥の差がある。そんなハーバリウムを沙夜はこちらが恥ずかしくなるほど愛おしそうに眺める。

「青いバラ……。〝夢叶う〟ですね……」

俺がわざわざ調べた花言葉を沙夜が言い当てる。あまりにもキザだと思い、伝えずにおこうと決めていたのに、彼女の前では意味がなかったようだ。

「今度、一緒に作ってくれよ。いろいろ教えてくれると助かる。ていうか、前に沙夜がやってたみたいに、瓶にリボンをつけるべきだったな。今さらだけど……」

沙夜は小さく「リボン……」とつぶやいてから、手を叩き自分の鞄をあさる。そのポーチから、ピンク色のリボンを取り出した。

「リボン、持ち歩いてるの？」

折り畳まれているリボンをほどくと、長さは三十センチ程度だった。

「これ、見覚えないですか？」

首をひねりながらリボンを眺める。端っこがほつれて新品でないことだけは分かる。

「ほら、拓斗さんが……」

「え、まさか。あの時の？」

ヒントを出されてようやく思い出す。3ヵ月前、俺が病院の屋上へと彼女を連れだす時に足に巻いたリボン。あの時、階段を登るのに使った靴の一部だ。

「捨ててなかったの？」

「ずっと大切にしているんです。あの日、私に一歩を踏み出させてくれた靴なので」

何も知らない人間が見たら、リボンを靴と呼んでいる俺たちは不思議に思えるだろう。でも、俺と沙夜にとって、このリボンは紛れもなく、目的地に向かうために使った靴なのだ。

「大げさだよ」

俺が謙遜すると、沙夜は大きく首を横に振った。

「いいえ。あの日から、拓斗さんと過ごすようになってから、私は少しわがままになりました。あれがしたい、これがしたい、あそこにいきたい、って思うようになったんです……。それは、私の支えでした」

沙夜は嘘をつかない。それをこの半年間で知っていたからこそ、彼女の言葉は俺の心を大きく震わせた。

「まだ、具体的に未来のことは考えられません。でもはっきりしてることがひとつだけあるんです」

沙夜は器用な手つきで、俺のプレゼントしたハーバリウムにリボンを巻き付けた。瓶にピンクの羽が生《は》えたようだった。

「拓斗さんのようになりたいです。くじけそうになって立ち尽くしている誰かを、支えられる人に」

「大げさ、だよ」

そう繰り返しつつも、心臓は高鳴っていた。

まるで勲章を授与されたかのような気分だ。

自分がそんな大それた人間だなんて思えない。それでも、彼女がそう言ってくれたことが、これ以上ない名誉だった。

人生を一時停止することができるとしたら、俺は今この瞬間を選ぶかもしれない。

映画の時間が近づき俺たちは移動を開始する。近道のために、ビルの間の路地を通る。

「そういえばさ、莉音のバレエの発表会なんだけど大成功だったみたいだ」

「それはよかったですね」

「来るなって言われてたから母さんからの動画を見ただけなんだけど……」

「へぇ」

「バレエ自体の良《よ》し悪《あ》しは分かんないけどさ――」

たわいもない会話を繰り返していると、ふと、沙夜の相づちが消えた。

「沙夜？」

振り向くと、数メートル後方で彼女が地面に膝をついていた。苦しそうに胸をつかみ、激しく呼吸を繰り返している。

「沙夜！」

彼女のもとに駆け寄る。真冬だというのに、彼女の額には大粒の汗が噴《ふ》き出《だ》していた。呼吸も激しい。まるで数分水中で息を止めていたかのように必死に空気を吸い込んでいる。

こういう事態もありうることを理解はしていても、覚悟はしていなかった。ただあせるばかりで、言葉すらうまく出てこない。

「ごめん、なさ、い……」

「いや、話さなくていいから！」

俺はスマホを取り出し緊急番号へとかける。今の自分の居場所と沙夜の状態をオペレーターに伝えた。

「ここじゃダメだ……」

この路地の幅は、救急車が入ってくるには不十分だ。一秒でも早く病院へ向かうためには、沙夜を広い通りへ連れていかなければ――。

俺は彼女を背負い、路地から抜け出そうと駆け出す。

リハビリ中に鍛えていた上半身の筋肉は、しっかりと彼女を持ち上げてくれた。揺れを最小限に留めながら通りから漏れる光を目指す。

部活で何百周もトラックを走ってきた。リハビリで筋肉をつけ直した。大通りまでの十メートルくらいわけない。――はずだった。

数歩進んだところで、カクン。と右膝が地面に落ちる。

「なんでだよ……！　なんで今なんだ！」

力が入らず、接着されてしまったかのように右膝が地面から離れない。

体勢を崩し、腕から沙夜の体が地面にこぼれ落ちる。荒い息を繰り返す彼女の膝に、擦り傷を作ってしまった。

「ごめん、沙夜、ごめん……」

ケガのあと、人一人ぶんの体重を膝にかけたのはこれが初めてだったし、焦りで体重移動も雑だった。今この瞬間に症状が出ることは偶然ではなく必然だったのだろうが、まるで悪魔が俺の足をつかんでいるかのような錯覚に襲われる。

「沙夜！」

俺がたった数メートルを運びきる前に、通りのほうから救急隊員が駆け寄ってきた。

Ⅳ 再会の前に願うなら

フェンスの金網を握りしめながら、陸上部の練習風景を眺める。

あそこで走っているのは、もう俺の〝部活仲間〟ではない。たった数メートル違うだけなのに、敷地の外からグラウンドを眺めると、そこがひどく遠い場所に感じた。この一月の冷たい空気の中で汗を流している彼らは、まるで別次元にいるようだ。

「お兄ちゃん……」

いつの間にか、莉音が隣に立っていた。

「莉音、お前、バレエか？」

「ううん。もうやめた。おじいちゃんに駅まで送り迎えしてもらうのも、申し訳ないなって思ったし」

祖父が先月から腰を痛めているのは聞いていた。車の運転も楽ではないほどらしい。

「じゃあ、なんでここにいるんだよ」

「タク兄の様子を見に来た。大丈夫かなって」

なんて弱い兄なのだろう。小学生の妹の言葉で眼球の奥がぶるぶると震えだす。

「別に平気だよ。痛くない。歩けないわけじゃない」

医師に膝の状態を説明された時のことを思い出す。

ボードの上で光っていた膝関節のレントゲンは、まるで黒い霧を写した写真のようにも見えた。

――ここところが、本来はかみ合っているはずなんだ。

正常な膝の形が保ててなくて安定性が確保されていないこと、膝を負傷した人にはときどき現れる症状であること。その度合いが、俺の場合は深刻であること。

難しい言葉をかみ砕《くだ》きながら説明してくれたが、俺の頭に残ったのはたったひとつの事実だけだった。

――これから激しい運動を続けることは医者としておすすめできない。

「すげぇな。世界ってのはよくできてる。一瞬で、全部取り上げられた気分だよ」

両親から離婚すると聞かされた時、俺は思った。

世の中にはそういうこともあると知っていたけどまさか自分が。

そして、もう走れないと告げられた時も、同じことを思った。

莉音は次の言葉を迷ってから口を開く。

「そのこと、沙夜さんには？」

「言ってない。言うつもりもない。沙夜、今日やっと病院から出られるみたいでさ、そんな時に心配かけたくないだろ？」

莉音は反論することなく、黙って俺の判断を受け入れた。

「大切なものが増えるって、怖いことだね」

「そうなのかもしれないな」

両親という一例を見ていたのに、どこかで、俺は大丈夫だと思っていたのかもしれない。それが怖いことだと気がついていなかったのだ。

後ろで車のブレーキ音がして振り返る。車に見覚えはなかったが、開いた窓から見えた顔には見覚えがあった。沙夜の父親だ。

「やぁ、拓斗くん」

「お父さん、なれなれしいよ」

助手席から頭を下げて、沙夜が苦笑いする。

「この時間ならもしかしたらと思って、寄り道してもらったんです。よかった会えて。しかも、ちょうど莉音ちゃんもいるなんて、ラッキーです」

沙夜は助手席から降りて莉音と話し始めた。莉音が俺の足の状態を伝えないかと、横目で見ながら心配していたが、彼女は沙夜を気遣う言葉をかけるだけだった。

「こうしてゆっくり話すのは初めてだね」

沙夜の父親の表情は硬い。元から無愛想《ぶあいそう》なほうだと沙夜には聞いていたが、それでも緊張してしまう。俺は、君とのデートなんかにいったから沙夜は倒れたんだ、と責められてもおかしくない立場なのだ。

「こうして話してみると、沙夜が気に入った理由も分かる気がするよ。かもしだす空気が、とげとげしていない」

中年の男性が、とげとげ、と口にすると愛嬌《あいきょう》があった。

「君に出会ってから、沙夜は明るくなった。いや、前から私たちの前では明るかったけど、それはあくまで私たちのための明るさだったからね。だから、年末に出かけると言った時も止めなかった。その時期は体調を崩し気味で、心配ではあったんだけどね……」

「すいません……」

「いやいや、私も大丈夫だろうと思っていたんだ。責めているわけじゃない」

沙夜の父親は車の後ろで行われていた沙夜と莉音の会話が一段落したことを確認するとポケットから財布を取り出した。

「じゃあ、私はコンビニでコーヒーでも買ってくるから、車の中でゆっくり話していてくれ」

数歩踏み出したところで、彼はこちらに振り向いた。

「余計なことは言うなと沙夜に言われているんだが、これだけは言わせてくれ。僕も妻も、君に感謝しているんだ。沙夜に、新しい世界を見せてくれてありがとう」

その言葉だけを真に受けるほど子供ではない。沙夜が心配だからこそ、お父さんの中に、俺に対する不安や不満だってきっとあったはずだ。

当たり前のことだが、沙夜には沙夜の世界がある。両親や医者や看護師がいて、俺以外にも彼女を大切に思う人たちがいる。俺はそのひとつでしかない。

「そんな君に、娘の背中を押してもらえたら。背中を押してもらえたら嬉しい」

その言葉の意味が引っかかったが、深く考える間もなく莉音が俺の元にやってきた。

「私は帰る。二人でゆっくり話してね」

彼女は沙夜にお辞儀をしてから、帰路についた。入れ替わりに沙夜が苦笑いしながら後部座席へ俺を呼び込む。

「すみません、突然来てしまって」

「驚いたけど、会えてよかったよ」

車内に漂う上品な芳香剤の香りと、沙夜の匂いが混ざり合う。

「あぁ、そうだ。それで、これを拓斗さんに」

沙夜がグローブボックスの中から小さな紙袋を取り出した。

「ずいぶんと遅くなって、もう新年ですが、クリスマスプレゼントです」

包みを開けると、中から出てきたのは薬瓶で作られたハーバリウムだった。中には鮮やかなピンク色をした星形の花が浮かんでいる。沙夜は「ペンタス」という花を真似して、似た色の造花を加工して作ったのだと説明を付け加えた。

「やっぱ、沙夜のはすごいな。俺の下手くそなハーバリウムとは大違いだ」

「そんなことありませんよ」

沙夜はバッグから、俺がプレゼントしたハーバリウムを取り出す。

「これも大切にしますから」

沙夜は巻き付けたリボンの形を崩さないように、ゆっくりと手で瓶を抱きしめた。

「何年くらい保つんだろ」

「どうでしょうか……。造花でも十年くらいで色が染《し》みだしてしまうと、なにかで読んだことがあります」

きっと、最初にハーバリウムを作った人は、道で咲くきれいな花をそのまま保存しておきたかったのではないだろうか。潤《うるお》いの中に閉じ込めて、季節が移り変わっても眺めていたかったのだろう。

でも、瓶の中に閉じ込めても、造花で作ってもなお、時間を止めることなどできないのだ。色は落ち、濁り、日に焼けていく。

——私がいなくなってからも、少しでも長く、誰かの生活を彩ることができればって、ただ、それだけで……。

そんな小さな願いすらも、永遠には続かない。

「私、転院することになりました」

沙夜の言葉は、俺の心に開いていた隙間へすとんと収まった。

——そんな君に、娘の背中を押してもらえたら嬉しい。

お父さんのあの言葉は、この時のために発せられたものだったのだ。

「いつごろ？」

「体調が安定していれば、二月の……」

沙夜は舌で唇を濡《ぬ》らしてから続ける。

「五日に。その日にこっちの病院で最後の検査をしたら、まず私と母が、向こうの親戚の家に」

「向こうって、どこに……？」

沙夜はうつむきながら笑い、青いバラの入った瓶を見つめる。

「本当はもっと前から、医者にも両親にも、より専門的なお医者さんのいる場所での治療を勧められていたんです」

彼女と出会ったばかりのころ、ロビーで彼女の両親がそんなことを話していたのを思い出す。あの時すでに、その選択肢は彼女たちの前にあったのだ。俺がのんきにジェスチャーゲームなどをやっている時にも。

「最初は両親の負担を増やすのがいやで……。いや、それも建前で、実際は気持ちが前向きにならなかったんです。でも、途中からその理由は別のものになりました」

沙夜はハーバリウムから、俺へと目線を動かす。

「拓斗さんといるのが、楽しくて」

もし、もっと早く転院し別の場所での新しい治療を受けていれば、この前のような発作は起きていなかったかもしれない。そんな想像が俺の心を締め付ける。

「沙夜の体が一番大事じゃないか……。そのためにできることはなんだってやらなきゃ」

それは、彼女を未来へと運ぶための器なのだから。

「転院が決まった今も、どこかで、私は迷ってるんです。あなたを誘拐してつれていきたいなんて願う私は、わがままでしょうか？」

冗談交じりに彼女は笑う。そこにある透明感から受ける印象は美しさではなく、儚《はかな》さだった。

できることなら俺だって彼女の横を歩きたい。でも、それは今の俺にとって途方もなく難しいことだ。自分一人の体重を支えて走ることすら、今の俺にはできないのだから。

「いい場所だといいな。新しい病院」

沙夜はなにかを悟ったように俺から目をそらしながら笑った。

それからの半月。沙夜の体調は安定していた。それは喜ばしいことでもあったが、同時に、彼女の転院が予定通り行われるということでもあった。

二月五日。吹く風は氷のように冷たく、乾いた空気は喉をひりひりと焼いていた。

見慣れた病院の壁も心なしかくすんで見える。

病院のロビーでぼんやりと観葉植物を眺める。約一年前、彼女はあそこで両親に挟まれて、車イスに座っていた。

あの時に戻ることができたら俺はもう一度彼女に話しかけるのだろうか。

「拓斗くん……」

病院のロビーを走り抜けながらやってきたのは、沙夜と仲のいい看護師の女性だった。

彼女は息を切らせながら俺の前で立ち止まる。

「どうも、沙夜になにかあったんですか?」

「ううん、違うの。君を見つけたら、これを渡そうって待ってたの。昨日、沙夜ちゃんに渡されて」

彼女は一枚の封筒をポケットから取り出す。白く、品のいい封筒だった。

「昨日……？　最後の検査って今日のはずじゃ……」

看護師はすべてを理解したのか、申し訳なさそうに「やっぱりあの子……」とつぶやいた。

「最後の検査は昨日だったの。向こうに出発するのは、本当は今日なのよ。最後にあなたに会うのが、つらかったのね……」

沙夜に嘘をつかれたことなど今まで一度もなかった。だから、彼女が先日車の中で俺に告げた日にちが嘘だとは思いもしなかった。

封筒を乱暴に破って、中の手紙を広げた。

俺はすぐに病院を飛び出し、松葉杖で降りてきた青年とすれ違いながらタクシーへと飛び込んだ。

「駅まで向かってください！　できるだけ急いで！」

《拓斗さんへ
最後の挨拶がお手紙になってしまったこと、ごめんなさい。
きっと、また会ったら、私は泣いてしまうから。
あなたとの日々を続けたいと、だだをこねてしまうから。》
腹が立つ。沙夜が嘘をついたことにじゃない。直接会話せずに離れればなれになろうとし

ているこ とに、どこかで安心している自分に腹が立つ。

タクシーが駅に到着する。先に用意していたお金を運転手に押し付けた。

車を降りると同時に大股で踏み出す。いつ膝から力が抜けてしまうか分からない。スピードを出せば出すほど、バランスを崩した時のダメージは大きい。それでもゆるめるわけにもいかなかった。

《いっぱい謝らないといけないことはあるけれど、まずは秘密にしていたことをひとつ謝らせてください。

私は、あなたの膝の状態を知っていました。

看護師さんが口をすべらせて、クリスマスのすぐあとに耳にしていたのです。》

階段を駆け上り、大きな旅行鞄を持っていた男性をギリギリでよけ、財布を叩きつけるようにしてIC専用の改札を通り抜ける。

《きっと、つらい、なんて文字が空虚に響くほどに、大きな悲しみの中にいるんじゃないかと思います。

できることならあなたを支えたいです。あなたがそうしてくれたように、寄り添いたいのです。

なのに、私の体はそれを許してくれませんでした。本当にごめんなさい。病気よりも、今は自分の心の弱さが憎いです。》

幸いなことに、膝から力が抜けてしまう症状は出なかった。しかし、彼女が乗る電車が上りなのか、下りなのか、それすら分からない。俺は当てずっぽうでホームへと降りていく。

ホームにはちょうど電車が到着していた。乗り降りする乗客を確認していくが、沙夜の姿はない。

電車がモーター音を加速させながら出発する。誰もいなくなったホーム。先ほどまで車両が目隠ししていた向かいのホームに、彼女はいた。

沙夜が両親と立っている。大きなスーツケースにもたれかかるようにして立っている。

叫べば、きっと彼女は振り向いてくれる。

「沙――」

俺の喉は、そこで声を発することをやめた。

彼女の顔を直接見て、先ほど読んだ手紙の文面が、リアルな彼女の声となって頭に響いたからだ。

《無理にあなたとの時間を続けても、支え合っても、きっとお互いの重さで、ボロボロになっていってしまう気がします。

だから、私はあなたに転院先を告げることなく、この街を離れることにしました。

拓斗さんの人生と〝これから〟を何ひとつとして制限したくないのです。》

「くそ……」

彼女の言う通りだ。

もしここで声を上げて彼女を呼び止めて、俺はなにを伝えようというのだ。

離れたくない。そうわがままを吐き出してしまいそうなのは、俺も同じなのだ。

涙が一度にこぼれ出す。心のどこかで彼女の姿を目にするのは最後かもしれないと分かっていたのに、視界はにじんだままだった。

――拓斗さんのようになりたいです。くじけそうになって立ち尽くしている誰かを、支えられる人に。

君が好きだと言ってくれた、走ることが好きで、誰かを支えることができる俺はもういない。自信も、積み上げたものも失った空っぽの人間がいるだけだ。

本当は彼女の前で泣きたい。足のケガのことを慰めてほしい。陸上を続けられなくなってしまった俺を、それでも好きだと言ってほしい。そんな情けないことを自分は考えているのだ。

でも、そんなことをしていいはずがない。

ただ走れなくなっただけの俺が、今の彼女にすがっていいはずがないのだ。

ホームにすべり込んできた車両に沙夜が乗り込む。彼女は奥の座席に座り、こちらに顔を向けた。彼女はうつむいていて、線路を挟んだ俺に気がつくことはなかった。

あの日、スリッパにリボンを巻き付けて作った二人の魔法の靴はもうない。

今周りで起きているすべての出来事を飲み込んだ上で、同じ方向へ一歩を踏み出すことは、俺にも沙夜にもできなかった。

沙夜からの手紙は、こう締められていた。

《だから、拓斗さんは、拓斗さんの未来を生きてください。》

彼女が乗った電車が出発する。俺には、彼女の未来が西の方向にあることしか分からなかった。


東京都内のホテル。三ヵ所回って見つけたツインの部屋で眠りにつく。

先ほど公園で莉音に告げられた言葉は今も頭の中でこだましている。

——でも、私、こんな結末になるなんて、思ってなくて……。

寝返りを打つと、隣のベッドでこちらに背を向け横になっている莉音の声がした。

「眠れないの？」

「まぁな……」

衣擦《きぬず》れで俺が起きていると気が付いたということは、莉音も同じなのだろう。

「ごめんね……」

「なんで莉音が謝るんだよ。現実は現実。莉音が何をどうしたところで、いや、莉音が旅に出ようって言ってくれなきゃ沙夜の居場所なんて知らないままだったんだ」

莉音のベッドからも衣擦れがした。仰向けになったらしい。

「知らないままのほうが幸せだったんじゃないかってこと」

――宝山病院緩和ケアセンター。多分今、沙夜さんはそこにいる。

俺は即答することができなかった。確かに沙夜がそこにいるということは重い事実だ。知らないままで昨日までの日々を生きていたほうが楽だったのかもしれないと思ってしまう。

幸太や飛鳥から勇気や覚悟をもらってここまで来たのに、いざ、自分にとって都合の悪い結末が近づくと、逃げ出したくなっている。なんて情けないのだろうか。

「旅に出るのがもう少し早かったら、それか、もう少し遅かったら、違ったのかな」

「もし早かったら、西城大病院で出会えていたかもしれないな」

でも、遅かったら――。

「寝よう……」

ここで話していても、世界の形が変わってくれるわけではない。眠っていても同じだが、明日の体調には関係してくる。

明日起こることに、心は持たないかもしれない。だからせめて体だけは休めておきたかった。

☽

足元の側溝に、何かの花弁が一枚流れていた。しばらく眺めていたが、車がクラクションと共に俺の後ろを通り過ぎるのに気を取られ、花弁を見失ってしまった。

ポケットでスマホが震える。朱美からの着信だ。この時間に電話がかかってくることは昨日メールで連絡をもらっていたので迷わず通話を開始する。

『あ、拓斗？　ごめんね、忙しい時に』

「忙しい中かけてくれてるのはそっちだろ？　ありがとうな」

朱美は声に結論を急がせてしまっている申し訳なさをにじませながら本題へと入った。

『で、どうしようか、仕事の件。向こうにはなんて伝えておけばいいかな？』

俺の口が返事をためらったのは一回だけだった。

「そうだな。今の俺にはすげーありがたい話だし、もしよかったら、お願いしたい」

『……そっか』

朱美は自分が提案したことにもかかわらず、どこか寂しげに俺の答えを受け取った。

『まぁ、ね！　拓斗ならここで学んだことを次に活《い》かせるだろうし、そこでまた、拓斗なりの仕事をして、人を支えて、幸せにすればいいと思うよ！　うん！』

「だな。ありがとう。感謝してる」

『ううん。私も、これでなんか一安心だよ！』

電話の向こうで、朱美が同僚に呼ばれたようだった。手短に挨拶をして、俺は電話を切る。

「アケミンに紹介してもらった仕事、受けるんだ」

後ろにいた莉音に、俺の声だけは聞こえていたらしい。

「ネット通販の雑貨屋、だっけ？　そこでは、スポーツシューズも扱うの？」

「ないだろ。雑貨屋だぞ？」

「それでいいんだ」

どこか挑発的な彼女の口調に、俺の頭の中で小さないらだちがはじけた。

「これでいいんだよ。生きてくためには仕事が必要なんだ。夢とか。目標とか」

恋、とか――。

「そういうものを選んで生きていける人間ばっかじゃないんだよ」

「大人になったね」

昨日大志に公園で別れを告げた彼女の顔が頭をよぎる。

「お前の昨日の決断ほどじゃないさ」

お互いが会話を終わらせたいと思っていることを察知した。俺と莉音は顔を上げて、目の前に建つ西城町の図書館へ視線を移す。建物は大きく、緑のある中庭や、小さな軽食所、自習室などの施設も充実しているようだった。

「いいとこだな」

「そこらへんの喫茶店なんかより、沙夜さん好みの環境だよね」

「確かに、沙夜がここに通ってる姿は簡単にイメージがわくな」

昨日、病院付近の喫茶店をまわる中で、莉音はどの店もお客が多く騒がしいことに気がついた。そこで彼女は、図書館を読書や息抜きの場所として利用していた可能性に思い至ったらしい。

「でも、不思議なことに、ここには来てなかったみたいなのよね。ここらへんじゃ図書館はここ以外ないのに」

「ここで目撃情報があったもんだと思ってたが……」

莉音は、昨日この図書館へとやってきた時の説明を始めた。

「受付の人が、親切なことにほかの職員に聞き回ってくれたんだよね。でも、空振りだった。沙夜さんの知り合いどころか見た記憶のある人もいなかった」

さすがに利用者データは調べられないと謝られたところで、受付の女性が話を聞き忘れていた、一人の職員が現れたらしい。

「直接は知らないけど、もしかしたら妻が知り合いかもしれない。もしそうだとしたら〝宝山病院緩和ケアセンター〟にいるはず。その人がそう教えてくれたの」

俺を交えて話を聞くべきだと判断した莉音は、その職員と今日会う約束をして図書館を離れてきたのだ。

図書館のロビーで待つ俺たちの前に彼が現れたのは、約束の時間の五分前だった。

顔つきから判断するに四十代中盤くらいのようだったが、色あせたジャケットや丈《たけ》の合っていないジーンズが、より老《ふ》けた印象を俺に与える。

「さ、坂田昭夫《さかたあきお》といいます……」

こちらがわざわざ時間をとってもらっているにもかかわらず、彼は深くお辞儀をした。その際に頭にあてた右手には、手首から人差し指にかけて包帯が巻かれている。

「お仕事中にすいません」

「いえ、仕事は半日なので、もういいんです」

昭夫さんは時折言葉を詰まらせながら、俺たちをロビーのソファに座るように促した。

「それで、人をお捜しなさってる……、あぁ、すいません。言葉が変ですね。緊張しないもので。その、人を捜しているそうですね……」

「はい。月野谷沙夜という女性を捜しています。学生時代の友人です。五年ほど前にこの近くの西城大病院に通っていたようなんです」

昭夫さんは莉音に一瞬だけ視線を向けてから答える。

「あの、昨日、そちらの莉音さんから〝サヨ〟という名前と、通っていたかもしれない病院のことも聞きました。その場では思わず知っているかも、と言ってしまいましたが、私が直接会ったわけではなくてですね……」

彼は入念に予防線を張ってから話し始める。

「真咲《まさき》、あぁ、私の妻のことです。彼女が出す話題の中に、サヨ、という名前の女性がいたんです」

莉音が質問を返す。緊張気味の昭夫さんに気をつかってか穏やかな声を努《つと》めて出しているように聞こえた。

「奥さんは、サヨさんとはどこで知り合ったんですか？」

「出会いの場は、西城病院です……。妻は四年くらい前から、つい一月前まで、そこで通院と入院を繰り返していたんです。そのサヨさんが彼女の話に出るようになったのは、二年ほど前で……」

「出会いとかは詳しくは聞かなかったんですか？」

「真咲は、あまりほかの女性の話を、僕にしたがらなかったので……」

自分の交友関係の話、ではなく、ほかの女性の話、と表現したことに違和感があったが、今は関係ないのでスルーする。

「だから、僕はそのサヨさんというご友人の年齢も風貌も知らないのです。思わず名前と病院名に食いついてしまいましたが、もしかしたら、これはあなたたちには役に立たない情報だったかもと、心配ではあったのですけど……」

莉音が昭夫さんの座る方向へ前のめりになる。

「それでもすごく助かります。結果的に間違っていても全然かまわないので」

昭夫さんが小さくうなずいたのを確認してから莉音は続ける。

「さっき、サヨさんのことを詳しく知らないと言ってましたけど、昨日は私に、サヨさんは宝山病院の緩和ケアセンターにいるかもしれない、と教えてくれましたよね？」

なにかを責めているわけではないのに、昭夫さんはまるで言い訳をするかのように話し出す。

「そ、それにはわけがありまして。つい先月、妻がそこへ入院すると決めたんです。その決め手が〝サヨさんもそこにいるから……〟だったんです。妻は家族とも疎遠で友人も少なかったので、知り合いのいる場所を、最後に選びたかったんだと思います」

「最後……？」

その時、昭夫さんのポケットから電子的な着信音が鳴った。彼は折りたたみ式の携帯電話を取り出し「すいません。妻の母からなので……」と断りをいれ、通話を始める。

「はい、はい、はい。わ、分かりました……」

へこへことお辞儀をしながら電話を終えると、昭夫さんはソファに置いていた自分の荷物を慌ててまとめはじめた。

「す、すす、すいません、病院から連絡があって、妻の容態に変化があったらしくて……、急いでいかなくては……」

「容態って……」

「妻は、がん、なんです。多分、もう長くありません」

昭夫さんは、図書館の地下駐車場に停まっている軽自動車を指差した。

「あ、あ、あれが私の車です……」

俺は昭夫さんからキーを受け取り運転席へと乗り込む。カーナビにはすでに埼玉《さいたま》県内にある宝山病院へのルートが表示されていた。予想所要時間は一時間とあった。

「すいません……。助かります……」

病院からの電話を受けた昭夫さんは、最初一人で病院へと向かおうとした。俺たちもその邪魔をするつもりはなかったのだが、寸前で莉音が彼の手のケガに気がついた。

——その手で、運転大丈夫なんですか？

昭夫さんは、つい先日転倒し手首を痛めたばかりだった。短い距離ならまだしも、焦った状態で一時間近くも運転するのは危ないと感じ、代わりの運転を申し出たのだ。

昭夫さんは助手席に乗り込むかと思いきや、まず莉音が座る後部座席へレジャーシートを敷き始めた。

「そんなこと、しなくてもいいですよ？」

「いえ、これは、しておかないと妻に怒られるので」

事情を聞く暇はない。莉音は言われるがままそのシートの上に座った。

後部座席の莉音が、こちらへ顔を突き出してくる。

「タク兄は大丈夫なの？」

「運転がか？」

「違う。気持ち的なとこ。もしかしたら、今からいく病院に沙夜さんがいるかもしれないんだよ？」

「そりゃ、正直冷静じゃない。でも、昭夫さんは年齢とか顔はちゃんと知らないらしいし、まだ奥さんの知り合いだっていうサヨさんが、沙夜のことだって決まったわけじゃない」

「まぁ、確かに、サヨって名前の女性はたくさんいるだろうしね……」

いざ宝山病院で会ってみたら、まったく別人だった、ということもありうる。

「これは、希望的観測で現実逃避してるだけか？」

俺の質問に莉音は「それは……」と口にしてから目線をそらした。

「私だって、冷静に予測なんてできないよ。だってもし、緩和ケアセンターに沙夜さんがいるなら、昭夫さんの奥さんと一緒で……」

彼女の言葉の途中で、昭夫さんが助手席へと飛び込んできた。

「すいません、お待たせしました。いきましょう……」

キーを回すと、老人が痰《たん》を切るような音が鳴り、エンジンが動き始めた。

「ありがとうございます……。助かります」

昭夫さんが薄くなっている頭頂部をなでる。ケガをしている右手で動作を行ってしまったため、彼は「いてて」と手首を押さえた。

「いえ、こちらとしても宝山病院にいくことは無駄にならないでしょうし。むしろ、そんな大変な時に俺たちみたいな部外者がいて、申し訳ないくらいです」

「いや、大変といえば、ここ数年は安定して大変でしたし……」

昭夫さんは、妻の真咲さんとともに病気と闘ってきたのだ。楽であったはずがない。

「話し相手がいてくれるのも、助かります……、なんというか、緊張しているので」

「お医者さんが電話で、治療で安定させられると言っていたんでしょ？　あまり焦りすぎないでくださいね」

昭夫さんは「それもそうなんですが」と自分を恥じるように首を掻きながら続けた。

「真咲に会うことにも、緊張しているんです。私が宝山にいくのは、妻が転院してから、初めてなんです。その、来ないでくれと、きつく言われていて……」

「来ないでって、それは、またなんで……」

残された時間が長くないと言ったのは昭夫さんだ。彼から話を聞く限り、特別仲の悪い様子もないのに、夫の見舞いを断る理由があるのだろうか。

「なぜなんでしょうか……。それも分からない、ダメな夫です」

その言葉を吐き出す間、彼がつっかえることはなかった。

「でも、なにを考えているのか分からないのはずっとでした。十五年前に出会って、十年前に結婚して、五年前にがんが分かって、その間、ずっと、なんでこの人は、僕なんかと一緒にいるんだろうって、思ってました……」

そこで昭夫さんはふと我に返って、俺と莉音の顔を確認する。

「す、すいません、自分のことばかり話してしまって……」

莉音が後部座席で「それで落ち着くなら」と続きを促す。

大きな幹線道路へと出るよう俺に指示してから、昭夫さんはまた話し始める。

「僕は五人兄弟の末っ子として生まれました。なにをやってもダメで。家族にも同級生にも、いつもあきれられて育ってきました。一番ダメなのは、そんな自分を変えようと努力することすらしてこなかったことです」

自分の潜在能力に対する信頼が皆無だったのだ。と昭夫さんは笑う。

「学もなく、運転免許の仮免試験も五回落ちました。運動不足をどうにかしようと始めたウォーキングも、玄関で転んで諦めました。今も人と話すのが苦手で、ブロッコリーが食べられません」

昭夫さんは一回り以上年下であろう俺に敬語を使っている。それは礼儀正しさというよりも、彼の自尊心の低さから来るのかもしれない。

「そんな私ですが、二十歳前後の時に、あの図書館で働き始めることができました。その矢先です。携帯電話に見覚えのない番号からの着信が大量に来ていたり、閉めたはずのマンションの鍵が開いていたり、そういうことが連続して起きるようになったんです」

昭夫さんは、物騒な話を低いテンションのまま続けた。

「さらには、ゴミ捨て場から私の出したゴミがなくなっていたり、夜道で黒い服を着たボサボサ髪の女性の影を見たり。そんなことが数ヵ月ほど続きました」

「それって、ストーカーですよね？」

「そうです。当時はもうその言葉が有名になっていたので、その可能性は頭に浮かびました。でも、僕がストーカーになるならまだしも、ストーカーされるだなんて思わなくて、ずっと放っておいたんです。そしたら……」

昭夫さんはその日のことを詳細に語った。いつものように仕事を終えてからマンションに帰ると、消したはずの部屋の電気がついていたらしい。

「おかしいなと思って中に入ると、そこに女性が立っていました」

ボサボサの頭に黒ずくめの服装。その女性は包丁を片手に、昭夫さんに言ったらしい。

――おかえりなさい。

「怖く、なかったんですか？」

遠慮のない莉音のリアクションに、昭夫さんは同意する。

「僕も驚きました。でも、その包丁は僕を刺すためとかではなくて、エビチリを作ってくれていたんです……」

「エビチリ？」

「ゴミをあさったり、部屋に入ったりする中で、僕の好きな食べ物を把握してくれていたみたいで……」

昭夫さんは照れくさそうに苦笑いする。

「あれ、もしかして、そのエビチリを作っていたのが……」

「今の妻です……」

もっとほのぼのとした話ならば、惚気《のろけ》話のオチとして効果的に機能するはずの言葉が、まるで怪談の決め台詞のようだった。

「そのエビチリ、食べたんですか？」

「スーパーの惣菜《そうざい》ばかり食べていたので、そのエビチリが、おいしそうに見えたんです。それで、実際おいしかったんです」

昭夫さんはその味を思い出すように目を細めた。

「食事しながら話を聞くと、彼女は図書館の利用者で、僕と会ったことがあるんだと教えられました。世界の呪《のろ》いが網羅《もうら》された本を探している時に対応してくれたじゃないか、と言われやっと僕も思い出しました」

昭夫さんはたどたどしくも、一生懸命に彼女が探していた本を見つけ出したらしい。その間、真咲さんはずっと不思議そうにしていたそうだ。

——ほかの職員の人にはサジを投げられたわ。

昭夫さんは聞き返した。

——そうなんですか？　なぜでしょうか……。

——私が気味悪かったようです。真っ黒の服で、髪もこんなだし。おまけに探しているのが、不気味な呪いの本ですし。

昭夫さんは不思議そうに答えた。

——本の価値は、読む人間が決めればよくて、ジャンルや値段で価値を決められるものではないと思うのです。だから、気味の悪いあなたと、不気味な本の出会いを応援できるなら、嬉しいです。

「そんな些細なことが、彼女には新鮮だったようです」

エビチリを頬張る昭夫さんをにこやかに眺めながら、真咲さんはさらに彼を褒めたらしい。

——私のことを忘れられちゃうのも、あなたの素敵なところだわ。大抵の人は私を忘れない。危険人物にファイリングするから。

「そんなに褒められたのは生まれて初めてで、なんか、嬉しかったんですよねぇ。こんな僕をストーカーしてくれる人がいることが……」

 ストーカー行為は許されるものではない。だが、昭夫さんは真咲さんを受け入れた。突拍子もない話だ。でも、その一方で感心している自分がいた。昭夫さんの言う、本と読み手の間に生まれるひとつの出会いのように、彼と真咲さんも唯一無二の関係をスタートさせたのだ。

それから二人は知り合いになり、付き合い始め、結婚した。

莉音がレジャーシートの上に座らされている理由や、真咲さんが昭夫さんに女性の話をめったにしない理由を理解する。

「そんな真咲にすら、今は遠ざけられていて、ほんと、なにやってるんだろうという感じですが……」

日も沈みはじめ視界も悪くなっていたが、俺は微妙なタイミングで灯《とも》った黄色信号を突っ切った。事故を起こしたり、警察に捕まったりするのはタイムロスでしかないが、できるだけ到着までの時間は短くしたかった。

昭夫さんが助手席で貧乏揺すりをはじめる。話が途切れたことで、意識が現在に戻ってきたのだ。不安そうに、進行方向を見つめている。

「大丈夫ですよ。今はお医者さんを信じましょう」

「そ、そう、ですよね」

落ち着けというほうが無理なことは俺が一番分かっていた。

沙夜の足跡をたどり、行き着いた結果が緩和ケアを行う病院かもしれない。そんな状況に押しつぶされそうなのは俺も同じなのだ。

勝手に頭が始めてしまう最悪の結末の想像、無力感と自責の念。

昭夫さんの場合は、より大きいはずだ。

人は、時とともに進む大きな流れの前では無力だ。

カーナビが目的地まで残り三キロを切ったことを伝える。

「ねぇ、昭夫さん。真咲さんの写真とかないですか？」

莉音が前方へと身を乗り出しながら、親しげに話しかける。彼女も、昭夫さんの気を紛らわせたいと思っているのだろう。

昭夫さんは鞄の中から一冊の手帳を取り出した。留め具を外すのに手間取りながら、挟まっている数枚の写真を莉音に手渡した。

「すご、現像して持ってるんですね。わ、これ昭夫さん若い」

莉音は一枚一枚、当《あ》たり障《さわ》りのない感想を口にしながらめくっていく。そうして最後の一枚をめくった時、彼女は表情を硬くした。

「あの、昭夫さん。これって……」

「あぁ、これは、半年ほど前に、西城大病院で撮ったやつです」

説明しながら、昭夫さんは「あ」と声をあげた。

「そういえば、この写真の隅に写っている花の入った瓶は、妻がサヨさんにもらったものらしいです」

昭夫さんの言葉に、全身がしびれる。俺は思わずブレーキを踏み込み、路肩に車を停車させた。幸い後続車とは距離があり事故にはならなかったが、突然の減速に莉音はその手から写真をすべり落とした。

ドリンクホルダーの上に落ちた一枚を、俺は拾い上げる。

「タク兄」

病室のベッドに座る真咲さんとその隣で顔をこわばらせながらカメラを見ている昭夫さん。その枕元《まくらもと》に小さく小瓶が写っていた。

青いバラの入った小瓶だ――。

「あぁ……」

心臓がバクバクと暴《あば》れだし、手が震える。車内の空気から一気に酸素が消えたような錯覚に陥《おちい》り、俺は思わず運転席から飛び出した。

標識にもたれる。世界が斜めになっているような感覚に襲われ、そうしないとその場に倒れてしまいそうだった。

「ちくしょう……」

真咲さんが病院で出会い、緩和ケアセンターに現在いるというサヨは、月野谷沙夜だったのだ。写真に写るハーバリウムが、それを証明していた。

☽

「タク兄！　落ち着いて」

俺を追って車から降りてきた莉音が、背中に手を置く。俺のための行為にもかかわらず、感触が不快だった。

「すまん。少し、驚いて……。昨日お前の口から行き先を聞いた時点で、この結果だってちゃんと頭に入ってたはずなのに……」

理解はしていても、覚悟はしていなかった。沙夜の発作を目の当たりにしたあの日と同じだ。八年前から何ひとつとして俺は成長していない。

「でも、まだ決まったわけじゃ……」

莉音の慰めに根拠はない。俺たちは今まで、そのハーバリウムを道しるべにここまで来たのだ。

「写真に写ってるそれは……、沙夜が、真咲さんに渡したそれは、俺が八年前に渡したものだ……」

「お守り、なんだそうです……」

いつの間にか後ろに昭夫さんが立っていた。

「これは、沙夜さんが大事にして、お守りにしていたものだったそうです。でも、今はあなたが持っているべきかもしれない、と、貸してくれたのだと言っていました」

「貸したって、でも、それは……」

今はもう、沙夜には必要がないということなのだろうか――。

深呼吸を繰り返す。はじめはうまくできなかったが、だんだんと体から汗がひいていった。

「すいません、動揺してしまって」

昭夫さんは怒るでもなく、小さくうなずいた。

「僕も、真咲が緩和ケアセンターに移ると聞いた時は、その、ショックでした……。気持ちは、分かります……」

「いきましょう」

今、誰よりも時間が惜しいのは昭夫さんだ。俺の都合で、彼の時間を奪っていいはずがない。

「こ、ここからは僕が、運転していってもいいですよ？」

「いえ、大丈夫です」

俺は再度車に乗り込む。ハンドルを握ると自分の汗で湿っていた。


宝山病院緩和ケアセンターへの最後の道のりは山道だった。ゴルフ場の看板を横目に見ながらくねった道を進んでいくと、切り開かれた一角に、近代的な建物が現れる。暗闇《くらやみ》の中で、ガラス張りのエントランスからオレンジの明かりが漏れていた。

入り口から一番近いところに停め、車を降りる。昭夫さんは階段でつまずきながら、施設の中へと駆け込んだ。真咲さんの病室は一階の一番奥の部屋だった。

「真咲……！」

昭夫さんが病室へと飛び込む。莉音はそれに続こうとしたが、俺が止める。

「部外者だぞ、俺ら」

「そっか、だよね……」

冷静になった莉音が一歩後ずさる。昭夫さんが開けたままにしていたドアから、六十代ぐらいの女性が見えた。

「お義母《かあ》さん、真咲は……」

「危なかったようだけど、今は落ち着いてる。今すぐに、どうこう、という段階は脱したそうよ。ありがとうね」

昭夫さんが大きなため息をつき、ベッドの足側のパイプにもたれかかった。ベッドの頭側は壁に隠れていて俺たちからは見えない。

「来ないでって、言ったのに……」

聞こえるかどうか分からない、か細い声が聞こえた。

「真咲……、大丈夫か？」

真咲さんの声は、質問には答えずに昭夫さんの腕を指摘した。

「手、ケガしたの？」

「あぁ、これは、この前、か、階段から落ちたんだ……」

「その手で運転してきたの？」

昭夫さんは廊下に立つ俺たちへと視線を向けた。

「いや、偶然ここに用のある人と一緒にいて。運転は代わってもらったんだ」

「そこに、いるの？　お礼、言わないと……」

昭夫さんは真咲さんの声にうなずいたあとで、俺と莉音を病室の中へ手招きした。

俺は言葉を見つけられないまま病室へと入り、莉音もそれに続く。

ベッドの上に横たわる真咲さんの髪は乱れ、頬もこけていた。それでも、その顔立ちは美人と形容できるものだった。

「拓斗さんと、莉音さん。その、真咲が前話してた、沙夜さんの……」

昭夫さんの説明が終わる前に、ビクンと真咲さんの体が跳ねた。最初は発作かなにかかと思ったが、彼女はしっかりと二つの目を見開いたまま枕元のティッシュ箱をつかみ、莉音へ向かって投げつけた。箱は外れ、壁にぶつかり床に落ちる。

「誰なのよ。この女……」

真咲さんの母親らしき女性が慌てて莉音に謝る。

「ごめんなさい。普段から変わったところがある子ではあるんだけど、今は特に麻酔や薬で意識がはっきりしていなくて……」

彼女の説明通り、真咲さんは半分夢の中に意識を持っていかれているようだった。普段も嫉妬《しっと》深《ぶか》いのであろうが、いきなり物を投げつけるほどではないのだろう。

莉音は「大丈夫です。こちらこそ、そんな時にすいません」と母親をなだめた。

「ごめん、緊急だったから……。運転を彼が手伝ってくれたんだ」

「私、兄の人捜しを手伝ってて、今日はじめて昭夫さんと会っただけです」

莉音が誤解を招かないように端的に説明する。すると、真咲さんは全身から力を抜いてうなだれた。

「そうよね。ごめんなさい。私、お礼を言おうとしたのに」

真咲は両手で自分の顔を覆った。

「ごめんなさい……。こういうことをしたくなくて……」

真咲さんのざらついた声は、小さいがじんわりと病室の中に広がる。

「ここには来ないでって、あなたを遠ざけたのに……」

昭夫さんがベッド脇へと膝をつき、彼女の手を握る。しかし、真咲さんはそれを握り返そうとはしなかった。

「私、ずっとこんな風にあなたの全部を縛ってきた……」

真咲さんが「もういいからね……」とこぼした瞬間、しわの入った目元から涙の雫《しずく》が転がり落ちた。

「昭夫さん。ありがとう。これからは、もっと自由に生きてね。どこに出かけてもいいし、車に誰を乗せてもいいから……。とにかく、幸せに……」

真咲さんの手を握る昭夫さんの指に力が入ったのが、目で見て分かった。

「そんな理由で、僕を遠ざけてたのか……」

「だって、そうすれば、私のことなんて、嫌いになるかなって……」

出会ってからずっとおどおどとしていた昭夫さんの顔が真っ赤になっていく。

「ふざ！　けるな！」

彼にとって、それは生まれてはじめての激昂《げきこう》だったのかもしれない。言葉に詰まりながら、舌をもつれさせながら、昭夫さんは叫び始めた。

「やめろ！　君らしくもない！　ぼ、僕が！　なんで君にプロポーズしたと思う！　一緒に住み始めたと思う！　あの日！　あのエビチリを食べたと思う！」

彼の目からも涙が落ち「君に……」とこぼす口へと入る。

「君に！　愛してほしかったからじゃないか……！」

二人だけの、二人にしか本質を理解できない会話だった。にもかかわらず、心臓に殴られたような衝撃が走り動けなくなる。

「君の一生を否定しないでくれ！　僕の今までを否定しないでくれ！　僕の家に勝手に入り込んで！　店員が女だったら会計させなくて！　もともと誰にも誘われることなんてない飲み会を禁止して！　僕なんかと一緒に生きてきたんじゃないか！」

昭夫さんが数回呼吸をはさんでから、小さく声を出す。

「最後まで、君らしくいてくれ……。僕が好きな、僕を必死に独り占めしようとしてくれる、君でいてくれないか……」

昭夫さんの指から力が抜けて、真咲さんの手がすり抜ける。一度シーツの上に落ちた彼女の手はまた動き出し、今度は昭夫さんの胸元をつかんだ。

「本当は、嫌なの……」

先ほど莉音を怒鳴りつけた時よりも大きく、高く、それでいて、喉を鳴らしているだけの叫びのような声だった。

「あなたは！　私のものだ！　ずっと！　ずっと！　誰にも近づいてほしくない！　誰にも触れてほしくない。あなたは！　私だけのものだっ……！」

昭夫さんは真咲さんの肩を支えながら、ベッドにもう一度寝かした。

「じゃあ、これからは、もっとたくさん、ここに来てもいいかい？」

真咲さんは小さくうなずいて、まるで少女のように無垢《むく》な表情で眠り始めた。寝息に合わせて彼女の胸が上下している。

「お世話になったようで、ありがとうございました」

昭夫さんのお義母さんに声をかけられ、ようやく体が動き出す。それまで、二人の会話に体全体がしびれて動けなかった。莉音に退室を促すと、彼女は目元に浮かんでいた涙を拭き取ってからそれに従った。

駐車場に規則的に並んでいる外灯のせいで、星はよく見えない。それでも俺は施設の前の階段に座ったまま、空を見上げることしかできなかった。

「すごかったね……」

俺の三段下に座りこんでいる莉音が口を開く。

「なんか、とにかく、すごかった」

「そう、だな……」

沙夜は小さくため息をつく。

「で、どうするの？　今日はいったん仕切り直す？　心の準備もないままに会うのは、つらいでしょ？」

施設へと目をやる。六階建てで幅の広い建物。このどこかに沙夜がいるのかもしれない。

「さっき、昭夫さんたちを見て自分の考え違いに気がついたよ」

俺たちは感動したわけではない。ただ、圧倒されていたのだ。まるで人知の及ばない絶景に息をのむかのように、あの二人の人生の一場面に圧倒された。

「ろくでもないのは恋じゃない。俺のほうだ……」

大好きだった女の子を支えられず、そのくせずっと忘れられず、八年経ってようやく捜しに向かい、居場所がわかった途端に会うことを恐れている。これをろくでもないと言わずに、なんと言えばいいのだろう。

「会って、俺はなにを話せばいい……？」

うつむく俺の頭に、莉音の言葉がぶつかる。

「会えばいいんだよ……」

彼女は立ち上がり、石の階段を一段俺のほうへと登る。

「会うだけでいいじゃん！　向こうがお兄ちゃんのこと忘れてても！　なんとも思ってなくても！　そこに今の恋人がいたとしても！　沙夜さんがお兄ちゃんとの出会いを後悔してても！　会うだけでいいじゃん！」

さらに一段登り、彼女は俺の胸ぐらをつかむ。

「プレゼントしたハーバリウムを真咲さんに渡したのだって、それまでは大事に持ってたからこそでしょう？　それに力があると信じてたから！　大変な思いをしてる真咲さんの支えになるようにって渡したんでしょ!?」

——大切にしますから。

あの日の彼女の笑顔を思い出す。嘘のない。たとえ嘘でもかまわないと思わされるほど、透き通った彼女の笑顔だ。

「必死にラブレターを探して届けた幸太を見て、タク兄はどう思った？　滑稽《こっけい》だった？」

違う。一人の少年の決意を、素直に尊敬した。だからこそ、俺は自分の恋にけじめをつける旅に出ようと思ったのだ。

「すれ違う飛鳥ちゃんたちを、憐《あわ》れに思った？」

違う。必死に自分たちの絆を貫く彼女たちに、俺は勇気をもらった。

「昭夫さんたちを見て、彼らが出会わなければよかったと思った？」

そんなわけがない。大きな悲しみに負けない強さが、二人の間にはきらめいていた。

「ろくでもないのは恋じゃなくてタク兄なのは確かだよ！　でも、それは会わなくていい理由にはならない！　二人の間にある想いや繋がりまで一緒に否定できるものじゃない！」

夜の駐車場に、莉音の息遣いが広がる。同時に俺の胸倉をつかむ手から力が抜けた。

「まぁ、私がなにを言ったって、説得力はないよね。私自身が、自分の恋から逃げ出しているんだから。本当は、怖くて、どうしたらいいか分からないタク兄の気持ち、分かってるんだもん……」

だよな。俺もお前も一緒だ。だから帰ろう。

投げやりに出そうになった言葉を俺は必死で飲み込んだ。

ここへたどり着くまでに出会ってきた人たちが、目の前で涙をこらえ必死に恋に向き合っている妹がそうさせた。

だから、聞こえた――。

――な星ですね――。

小さな、本当に小さな声だった。まるで落ち葉が地面に落ちただけのようなささやかな声を俺の耳が拾った。

立ち上がり、声のしたほうを向く。施設のある側から聞こえた。

幻聴かもしれない。聞き間違いかもしれない。

でも、それは沙夜の声にそっくりだったのだ。そっくりでいて、今まで何度も頭の中で思い出していた声よりも、少しだけ大人びていた。自分の記憶のどこにもない声だった。

どの窓を見ても、彼女の姿などない。耳をすませても、もう声は聞こえない。

代わりに施設の方角から、別の声がかけられた。

「あ、あの、すいません」

昭夫さんだった。小走りでこちらに向かって駆けてくる。

「昭夫さん。真咲さんは？」

「ぐっすり眠っています。お医者さんが見にきてくれたんですが、今は落ち着いているみたいです」

彼にも不安や疲労があるはずだ。にもかかわらず、彼は俺たちのところまで、やってきてくれた。

「あの、これ……。真咲の持ち物から借りてきたんです……。サヨさんのもの、なんですよね?」

昭夫さんは、まるで金魚を運ぶかのように優しく握っていた両手を開く。そこにはハーバリウムがあった。色あせ、色素がオイルににじんでいたが、やはりそれは、あの日俺が沙夜に渡したものだった。

「妻が眠っている間、なにかに必要でしたら、どうぞ」

彼の手から、俺は瓶を持ち上げる。

「ありがとうございます。これは俺が作って、彼女にプレゼントしたもので……」

駐車場のオレンジ色の照明が、内側の気泡を輝かせている。

ふと、違和感に気がつく。

先ほど聞こえた声と同じくらい小さな違和感だ。

でも、気のせいですませてはいけないと、頭の中の俺が叫んでいた。

瓶を手の平の上で一周させる。小さな傷がついているが、それは経過した時間を考えれば当然だ。もっと根本的で、大きなものを俺は見落としている気がした。

「どうしたのタク兄?」

頭の中でなにかが翻《ひるがえ》る。細くピンク色のなにかが、風にそよめく。

「リボン……」

そうだ。今手の平にある瓶には、リボンがついていない。

——ずっと大切にしているんです。あの日、私に一歩を踏み出させてくれた靴なので。

あの日、ハーバリウムをプレゼントした時、彼女は飾り気のない俺の瓶に、リボンを巻いた。一緒に屋上へ向かった時に、使った二人だけが分かる魔法の靴——。

過去のさまざまな風景が繰り返し浮かんでは消える。

「まて、おかしい……」

かつて、彼女は小児科に飾りたいからと頼まれたハーバリウムを作りながらこう言っていた。

——人見知りなので、患者さんたちと特別仲良くなることはあまりないです。お互いに事情がある同士だと、逆に会話がかみ合わない時もありますし。

——だからこれも看護師さんから頼まれたんです。小児科で飾りたいからって。

そんな沙夜は、真咲さんとどう知り合ったというのだろうか。

人見知りが直った？　いや、もっと自然な答えがある気がする……。

——二人の間にある想いや繋がりまで一緒に否定できるものじゃない！

頭の中で、莉音の言葉が轟《とどろ》く。その残響が、ひとつの答えを俺に示す。

「俺は、ずっと勘違いしてたのか……。自分で勝手に、自分の恋に意味はなかったと決めつけて、彼女の力になんてなっていなかったはずだと決めつけて……」

もしさっき聞こえた声が幻聴ではないとしたら――。

二人の間にあったものを、信じてみよう。

あの少年の決意も、彼と彼女たち四人の想いも、妹の苦悩もその恋人の暖かさも、あの夫婦だけの絆の形も、すべて俺には美しく思えた。この世に存在しなくていいものには見えなかった。

同じように、俺のこの恋にも意味があったのだとしたら。この世界に、あってよかったものなのだとしたら――。

「このハーバリウムは、もういらなくなったんだ。だから、真咲さんに託したんだ……」

唖然《あぜん》とする莉音と昭夫さんをその場に残して、俺は走り出す。

「ちょっと、タク兄！　突然なに！」

ケアセンターの中へと飛び込みあたりを見回す。

心臓が高鳴る。心の中でひっくり返った世界に、まだ意識が追いつかない。

一階を歩き回り、今度は二階を目指す。

ずっと俺は勘違いしていたのかもしれない。

――東京にある大きい病院なんだって知って、そこにいく必要があるってことは……。

――あまり、いい結果ではなかったんじゃないかと、私は思いました。

全部推測でしかない。前を向く勇気のない俺の予防線に縛り付けられた想像だ。

音坂総合医療センターで行った手術が、成功していた可能性だってありうるじゃないか。

完治ではなくても、もっと長い未来を彼女が手に入れた可能性だってあるじゃないか。

――沙夜には、病院の屋上に出てみたいなんて夢、さっさと叶えてほしかったんだ。叶えて、次の夢を考えてほしかった。自分の未来を考えてほしかった。

――花屋とか、似合いそう。

――花粉症なんですよ。私。

――じゃあ、ハーバリウム職人。

――そんな職業、あるのでしょうか。

俺があの瓶に詰めた願いはなんだった？

青いバラ。その花言葉は〝夢叶う〟。

――それに力があると信じてたから！　大変な思いをしてる真咲さんの支えになるようにって渡したんでしょ⁉

二階にも、三階にも彼女の姿はなかった。四階に向かう階段の途中で右膝から力が抜けたが、手すりにすがりつきながらまた駆け上がる。

――陸上はやめたけど、それでも前に進もうとする人を靴で支えたかったんだよ。

リボンで作った魔法の靴。俺が人生で初めて作ったあの靴がなかったら、今俺はここにいない。それは沙夜と離れてからも、陸上を失ってからも、ちゃんと誇りとして俺の中に残っていた。だから今日までやってこれたのだ。今も彼女がくれたものが指針なのだ。でなければ、きっと俺は、もっとろくでもない日々をすごしていた。

もし、沙夜も同じなのだとしたら――。

フロアの中に沙夜はおらず、俺は最後に、屋上へと続く階段を登る。その先にあるドアに鍵はかかっていなかった。

――不思議なことに、ここには来てなかったみたいなのよね。ここらへんじゃ図書館はここ以外ないのに。

あるじゃないか。あの街にはもうひとつ図書館が。それはもしかしたら、図書室、と呼ぶべきものなのかもしれないけど。患者ではなく、生徒が使える場所として。

二年前に真咲さんと沙夜は出会った。計算上、もし沙夜が進学していたなら、それは大学三年の時ということになる。

――この時期の三年、みんな看護実習のレポートで暇ないらしいぜ。

沙夜は、真咲さんと西城医大付属病院での実習の中で出会い、ハーバリウムを渡したのだとしたら。

真咲さんの言う、沙夜がいるからこの緩和ケアセンターへの転院を決めた。という言葉の意味は――。

屋上へと続く扉を開く。まるで息苦しい宇宙船から月に降り立つような、そんな錯覚を覚える。

俺は、ただここまで走ってくるだけでよかったんだ。膝が言うことを聞かなくても、迷いながらでも、一目散に君に向かってスタートを切るべきだったのかもしれない。

それでも、今日ここへ完走するまでに、この八年と妹と旅をした数日が必要だったのかもしれないとも思う。

あの日、ラブレターを握りしめ駅に向かった少年。

街の中で、自分たちの絆を守ろうとしていた彼ら。

いびつ故に強く相手を求め合った二人。

大好きな相手を手放すまいと、ひたすらその後を追った大志。

いくつかの恋の一ページを見て気がついた。それぞれの中にある想いは似ているようでまったく違う。誰かが真似できるものでもなく、比べられるようなものでもない。

恋なんて、ただの名称だ。この世界に思い合う二人がいて、それを便宜上ひとくくりにして呼ぶために作られた言葉でしかない。

自分の中にだけある想いを大切にできるのは自分だけなのだ。だからこそ、この想いは尊い。


夜空は駐車場で見上げるよりもはるかに澄んでいる。そこにはたくさんの星が広がり、薄い雲がオーロラのようなグラデーションを作っていた。

まるで、小さな泡が煌めくハーバリウムの中にいるかのようだ。

——拓斗さんのようになりたいです。くじけそうになって立ち尽くしている誰かを、支えられる人に。

屋上の奥で、車イスのボディが月明かりをぼんやりと反射している。そこに座っているのは、八十歳くらいのおばあさんだ。

「坂田さんはいいのかい？」

「はい、先ほど担当の医師から落ち着いたと連絡をもらいましたので」

「大変だったろうにごめんねぇ。規則じゃ、こんなところに患者を連れてきちゃいけないんだろう？」

車イスの後ろに一人の女性が立っている。淡いピンクの服に身を包み、二本の足でしっかりと車イスに寄り添っている。

「はい。だからこれは、こっそりミッションですよ」

一つにまとめた長い髪が風に揺れる。こんなに美しい人間を、俺は今まで見たことがない。

「沙夜……」

彼女が振り向く。星空の下で俺をとらえた彼女の瞳が一瞬にしてふやけた。いや、ふやけたのは俺の視界のほうだろうか。

あふれるのは涙だけで、言葉は出ない。そんなものは用意していなかった。

「拓斗さん……」

あの日、階段を登ったあとで、一枚の窓ガラスが許す枠の中だけで眺めた夜空が、今は俺たちの世界の半分を埋め尽くしている。その宇宙が中身に凝縮されたような瓶が、俺の手の平で光る。その中で固まった小さな花は、彼女のポケットのスマホに結びつけられたリボンを指し示した。

エピローグ

★

目の前で開かれている扉から、夜が飛び込んでくる。月明かりに照らされた屋上は夜空と一体化しているようにも見えた。

ポケットでスマホが震える。

通話ボタンを押してからもまだ震え続けていたのは、私の手のせいだった。

「もしもし？」

『よう、莉音か、急に電話しちまってすまなかったな』

大志の声は驚くほどにいつも通りだった。その安心感に心が溶けてしまいそうになる。

「別にいいよ。今、ちょうど暇だから」

旅はゴールを迎えた。兄は今、星空の下で少年のように笑っている。

分かっている。車イスに座るおばあちゃんにからかわれながら照れくさそうに笑っているのも、その目にたくさんの涙が流れているのも、決してラストシーンではない。ここで人生が終わってくれるわけではないのだ。

それでも彼はきっと、明日アケミンに伝えた仕事のオファーに対する返事を撤回し、手放しかけていた夢にすがりつくことを選ぶのだろう。

『あのさ、莉音、蝶のように舞い、蜂のように刺す、すげー強いボクサーがいたって知ってっか?』

「聞いたことはあるよ」

『でもよ! そいつ名前がアリらしいんだよ。ややこしくね?』

「それを言うために、わざわざ電話してきたの?」

電話の向こうの大志は『あ、いやいや、ちげーわ』と仕切り直した。

『あのよ。お前の理由を昨日聞かせてもらってから、俺ずっと考えてたんだけど。やっぱ納得いかねぇや』

あっけらかんとした彼と話していると、まるで自分には、世界の端っこすら見えていないかのように思えてくる。いや、実際きっとそうなのだ。私は小さな一輪の花程度の存在で、その周りには宇宙が広がっている。

『未来のことだし、俺はバカだから断言なんてできねーんだけどさ。でもさ、俺よ』

まるでゲタで予想した明日の天気を教えるような気軽さで、彼は言ってのける。

『俺多分、死ぬまでお前のこと好きな気がすんだよな』

永遠なんてない。だから、私は自分の心の一番もろい部分をさらけ出す恋というものを終わらせたかった。そのために彼を突き放した。そのはずなのに、今、夜空の下で笑い合う二人を見て、なぜ美しいと感じてしまうのだろう。

恋は残酷だ。それでもきっと、弱くて、小さい私たちは、これを希望と呼ぶのだ。

兄と沙夜さんが涙でぼやける。目から流れる雫は止まることなく、ただただ、彼に会いたいと私に思わせるのだった。

本書は書き下ろしです。

講談社
タイガ

〈著者紹介〉

小川晴央（おがわ・はるお）

静岡県出身。2013年電撃小説大賞金賞を受賞。受賞作は2014年『僕が七不思議になったわけ』（メディアワークス文庫）として刊行される。同作は心を打つドラマと魅力的なストーリーテリング、そして衝撃のミステリーとして評判を呼ぶ。2019年「サクラの降る街」で第10回京都アニメーション大賞ＫＡエスマ文庫特別賞を受賞。

終《お》わった恋《こい》、はじめました

2019年11月20日　第1刷発行　　定価はカバーに表示してあります

著者…………………………小《お》川《がわ》晴《はる》央《お》

発行者…………………………渡瀬昌彦

発行所…………………………株式会社 講談社

〒112-8001 東京都文京区音羽2-12-21

編集03-5395-3506

販売03-5395-5817

業務03-5395-3615

本文データ制作…………講談社デジタル製作

印刷…………………………豊国印刷株式会社

製本…………………………株式会社国宝社

カバー印刷…………………株式会社新藤慶昌堂

装丁フォーマット…………ムシカゴグラフィクス

本文フォーマット…………next door design

ISBN978-4-06-517443-2　N.D.C.913　268p　15cm

講談社タイガ

望月拓海

毎年、記憶を失う彼女の救いかた

私は1年しか生きられない。毎年、私の記憶は両親の事故死直後に戻ってしまう。空白の3年を抱えた私の前に現れた見知らぬ小説家は、ある賭けを持ちかける。「1ヵ月デートして、僕の正体がわかったら君の勝ち。わからなかったら僕の勝ち」。事故以来、他人に心を閉ざしていたけれど、デートを重ねるうち彼の優しさに惹かれていき——。この恋の秘密に、あなたは必ず涙する。

講談社
タイガ

本田壱成

終わらない夏のハローグッバイ

イラスト
中村至宏

二年間、眠り続ける幼馴染《おさななじみ》の結日《ゆうひ》が残した言葉。「憶《おぼ》えていて、必ず合図を送るから」病室に通う僕に限界が来たのは、夏の初めの暑い日だった。もう君を諦めよう——。しかしその日、あらゆる感覚を五感に再現する端末・サードアイの新機能発表会で起こった大事件と同時に、僕に巨大な謎のデータが届く。これは君からのメッセージなのか？　世界が一変する夏に恋物語が始まる！